欸嘿嘿。
浴衣可愛嗎？

妹妹們與海

NUMBER
2
村田天
ILLUSTRATION
絵葉ましろ
TEN MURATA
EVA MASHIRO
我跟妹妹，其實沒有血緣關係
My sister and I are not blood related
Kadokawa Fantastic Novels

CONTENTS

My sister and I are not blood related

CHARACTER

Iruka Kousetsu

入鹿光雪

16歲。
本作主角。有著強烈親情，也很溺愛兩個妹妹。太過認真的個性讓他在學校被同學敬而遠之，因受到身為情色漫畫家的母親影響，興趣是畫女生的插圖。

Iruka Kururi

入鹿久留里

15歲。
入鹿光雪的妹妹。有著強烈的親情，當中又跟哥哥特別親近，是個言行會超乎普通兄妹範疇的兄控。

Iruka Yotsuba

入鹿四葉

8歲。
光雪和久留里的妹妹。基本上沉默寡言，但有時也會表現機靈的一面。還是會向哥哥姊姊撒嬌。

序章

我有最喜歡的家人們。在那當中，與哥哥之間的感情一直都很好。

在長年培養的強烈羈絆下，我總是黏著哥哥小光，不斷找他說話、要他陪伴，並順從我的任性。

然而差不多在我升上高中的時候迎來轉機。

「久留里，又不是小朋友了，這個年紀的兄妹不會牽手上學。」

一切都是從小光的這句話開始。

至今建立起來感情很好的兄妹關係，突然就被說好過頭並劃清界線，保持著小光所說的「常識中的範圍」。在那之後無論要緊緊抱住他還是牽手全都不行。

拜託試想一下某天突然單方面遭到最喜歡的哥哥拉開距離的妹妹有多絕望。

我怎麼可能有辦法接受。

但當我對此做出抗議並不斷地反抗，小光的態度反而變得愈來愈固執，整個事態最終演變成我輕度離家出走的騷動。

然而就在我們順利和好，也漸漸恢復一如往常的生活時，發生了那件事。

＊　＊

我坐在市公所長椅上發呆，聽到不知道從哪裡傳來孩子們歡笑的聲音而回過神來，手上拿著戶籍謄本。

爸爸和媽媽是各自帶著還很小的我跟小光再婚。

我就在剛才得知了這件事。

我跟媽媽沒有血緣關係。媽媽一直以來都很愛我，四葉出生之後也從沒變過。得知這個事實之後，更深刻體認到媽媽的愛。不但很感激，也覺得自己果然還是最喜歡媽媽。

所以，發現跟媽媽之間沒有血緣關係確實深受打擊，但理智上可以冷靜面對，因此總覺得不會留下太大的影響。

比起這點，更重要的是哥哥。我跟小光也沒有血緣關係。

我不知為何就是無法好好消化這件事，也覺得相當混亂。心臟還因為這樣一直怦咚怦咚地快速跳個不停。

小光對我來說也跟媽媽一樣，是最喜歡的哥哥。

因此對於沒有血緣關係這點，我當然也不會豁然地感到開心。

但是這陣子對態度及距離感產生改變的哥哥，出現了類似戀愛情感的症狀。而那並非世間能夠容許的事情。

近親相姦這種罪孽讓人有點想不透。

如果是特殊的性方面癖好，像是戀童癖之類居心不良而且會傷及他人的狀況就會觸法。偷窺、性騷擾、暴露狂等等也是如此。全都會給他人帶來危害。

但兄弟姊妹之間的近親相姦，只要當事人是你情我願，也不會對他人造成困擾。我不認為這樣算是多強烈的危害。

也有人提出近親相姦的關係中產下的孩子會有遺傳方面的問題，但無法確定如果只有一代這樣的關係究竟會帶來多大的影響。而且就算雙方都下定決心絕對不生小孩，只是想維持戀愛關係，世人想必還是會用一樣嚴厲的目光看待。

所以比起箇中理由，最大的原因應該還是在於被視為「因為是禁忌（Taboo）的關係，總之沒來由地就是討厭」這樣的禁忌吧。

雖然在日本並不違法只是會有倫理上的問題，據說近親相姦在德國是會觸犯法律的事。就算是素昧平生的兄弟姊妹，在不曉得彼此有血緣關係的狀況下邂逅並發生關係，依然算是違法。

因此那想必就是不分國界存在的「常識」。大多數的人想必都是從小就對此深植了這是一項禁忌的概念。

就連從小一直被說沒常識的我，心裡還是有這樣的概念。

所以我才會覺得自己對小光產生那種類似戀愛情感的症狀，終究只是「類似的東西」罷了。還是無法明確地認同對於身為哥哥的小光所抱持的情感正是戀愛。

畢竟是這麼多年來都一起生活的哥哥，應該不同於真正的戀愛情感才對。

即使我一直這樣說服自己，現在還是有點困惑地注視著不管從任何角度看過去，都跟戀愛非常相似的那種情感。

無論如何，我跟小光沒有血緣關係。

既然沒有血緣關係，那就會變成稍微能夠容許的情感。不，豈止稍微容許而已。說不定還可以說是完全清白。

我要喜歡上小光也不成問題。

這讓我覺得自己的情感就像得到某種相當寬大的容許一樣。

最近一直緊緊繃住的情感，也因為找到去處而朝著那個地方「噗咻」地洩了氣一樣。

一旦得知自己跟小光沒有血緣關係，就讓我覺得好像是一件相當自然的事情。我跟小光的外表及個性可以說是完全不像。既然真的是由不同的父母所生，反而覺得這樣也比較能夠接受。

寂寞與解放感，還有悲傷及欣喜，全都充斥在心中。

對於自己接下來究竟該怎麼做，還沒有一個明確的想法。

不過，算了啦。那些事情只要今後慢慢思考就好。

我將戶籍謄本收進書包。

抬頭一看，只見天都要黑了。已經到了該回家的時間。

總之回家後立刻跟小光說我今天得知的事情吧。

第一章 夫妻、祕密與遊樂園

得知自己跟長年以來一起生活的妹妹久留里之間沒有血緣關係之後，過了三個月。

一開始我感到相當動搖，也讓久留里起疑，但在各方便都看開了之後，總覺得可以漸漸拾回一如往常的生活了。就算沒有血緣關係，這麼多年來都以家人的身分一起生活的人，不管怎麼說都是有著強烈羈絆的家人。

「我回來了～」

玄關隨著喀嚓的開門聲，傳來比平常還更平靜的聲音。

但無論過了多久都還是很安靜，所以我到玄關看看狀況。

只見久留里背對著屋內，正坐在要進到家裡的台階上。湊近一看，發現她鞋子都還穿著坐在那邊發呆。

「久留里？妳在幹嘛？」

「嗯？啊，是小光耶。」

「對啊，是我……是你的哥哥。歡迎回來。」

我這麼說完，久留里就睜大雙眼又愣在原地。她直直盯著我看，但茫然到感覺心不在焉的樣子。

「……久留里？」

「……是！是我喔！」

「妳怎麼發呆成這樣啊……發生了什麼事嗎？」

聽我如此說道，久留里猛然站起身來，總算把鞋子脫掉。

她迎面看著我的臉，不知為何雙手還握起拳頭。

「那個啊！我剛才……」

「嗯，總之先進來洗個手再說吧？」

「咦？啊，也是呢……那就到客廳說吧～」

「嗯，順便喝個茶吧。」

「鄙人想來一杯熱呼呼的鮮奶茶！」

「好啊。我去準……」

如此說道的久留里走向洗手台，我也立刻伸手放上客廳的門把。

但就在喀嚓一聲開了門之後，只見眼前呈現一片異樣的光景。

爸媽面對面坐在客廳後面的餐桌上，問題是兩人都是一副狠狠瞪視對方的表情。餐桌上的氣氛顯得相當緊張。

媽媽開口說：

「如此一來……意思就是四郎不願在這件事情上有所讓步呢。」

「我認為自己已經十分退讓了。」

兩人說話的口氣都很沉穩，但不管怎麼看感覺都很緊繃。

我花了幾十秒才理解他們正在吵架。

至今從沒看過爸媽吵架的樣子。

他們不只是平常感情很融洽，就算因為一些瑣事而產生意見上的衝突，個性沉著的爸爸也會容許年紀小了一點的媽媽的任性，而要做出重大決定的時候，媽媽也會向身為年長者的爸爸讓步，互補的平衡感覺讓他們相處得很好。

不知道是不是那樣的平衡因為某些事情而失衡了？只見媽媽一臉認真地說：

「這樣啊……既然你是這樣想，那我也有我的考量。」

「小光，怎麼…………」

回過神來就發現久留里從我背後探頭看去，在理解狀況之後陷入沉默。

「……真難得耶。」

久留里像在低喃般小聲說完，就靜靜地把門關上。當我跟久留里面面相覷時，應該是剛睡完午覺的四葉揉著眼睛走了過來。

「哥哥、姊姊，怎麼了嗎？」

「四葉……！沒事……」

我下意識想瞞著她，但久留里對四葉說：

「爸爸跟媽媽在吵架喔。」

「咦！」

久留里一臉滿不在乎地對我說：「隱瞞這種事也沒輒吧。」

她說得沒錯，而且這說不定也瞞不住。

「應該很快就會和好了啦。總之先不要去打擾他們。」

「…………也是呢。」

「……嗯。」

久留里如此說道，我跟四葉也點點頭。現階段沒有我們能做的事。吵架的時候就算只聽聞片面之詞，也經常無法掌握整體狀況。我也不想變成要選邊站。既然一個不小心可能會讓狀況惡化，還不如別提及比較好。

「話說久留里，妳剛才想說什麼？」

「沒、沒事，算了。過陣子再說吧。總覺得現在不是講這個的時候……」

久留里搖了搖頭這麼說。

這倒是，我自己也早就把所有今天在學校發生的小事都拋諸腦後了。平常不會看到父母吵架的樣子，就是帶給我們這麼大的衝擊。

當我們三兄妹在走廊上陷入沉默時，媽媽從餐廳走出來。

原本還想對她說點什麼的久留里不禁倒抽一口氣並安靜了下來。

媽媽露出我們從未看過，猶如鬼神般的表情，完全沒有和解的跡象。

接著爸爸也走出來。這位則是宛若不動明王。他本來就是一臉凶狠的樣子，如果不像平常那樣面帶笑容，看起來完全就是個黑社會的人。

我們瞠目結舌地目送爸媽回到各自的房間。

面對那樣充斥著平靜怒火的氣氛，無論是我跟久留里，就連四葉也沒辦法向他們其中一人搭話。

幸好媽媽後來還是做了晚餐，也有準備爸爸的份。

即使如此，餐桌上的氣氛依然相當尷尬。

媽媽非常迅速地吃完晚餐，就依然是一臉鬼神般離開了，至於不動明王也不知為何自己坐在客廳沙發，餐點放在桌上一個人吃了起來。

晚餐像是彰顯了媽媽動搖的心神，只有撒了香鬆的白飯，以及一人一盤涼拌豆腐。我們雖然頓時愣住，但聽到我說：「我開動了。」之後，四葉也小聲地說：「……我開動了。」

然後久留里也跟著說：「天啊……我開動了………」

就連個性是那樣的久留里也因為這個特殊狀況，沒有多加埋怨地拿起筷子。

我轉眼間就把豆腐吃光，因此只能一直吃白飯配香鬆。

這時久留里不知為何悄聲地對我說：「小光，幫我拿醬油。」

我也不知為何沒有出聲回應，還放輕動作地拿了桌上的調味瓶悄悄遞給她。

「……小光，這是醬汁啦……」

聽她小聲地說道，我便朝久留里的手邊一看，那瓶確實是醬汁。而且放在旁邊的餐桌用小瓶醬油在我跟四葉淋了豆腐之後就用完了。應該還有比較大瓶的放在某個地方。

「嗚哇！」

我張望著四周尋找，最後發現那瓶醬油就放在不動明王眼前。

他就像是頭上頂著肉眼看不到的厚重烏雲，我一點也不想起身走去那裡。

「久留里……」

我非常小聲地講著悄悄話。

「怎樣？」

「……妳今天就淋醬汁吃吧。」

「呃，咦？我不想在豆腐上淋醬汁啦！」

「那妳自己去拿放在那邊的醬油。」

我指出醬油擺放的地方之後，久留里露骨地瞪大雙眼。

「我、我才不要～！感覺就很尷尬啊。小光去拿啦。」

「……沒辦法……妳應該懂吧？」

「嗚嗚……懂是懂啦。」

久留里在豆腐上一點一點滴了醬汁，一臉悲傷地吃起來。

「嗚嗚……這個味道……我一輩子都忘不了。」

「這樣的記憶最好還是早點忘掉吧。」

與其記得這種事，拿來記得一個英語單字還有意義多了。

吃完晚餐之後，爸爸就窩在書房裡。

我一邊洗碗一邊思考，卻還是想不透他們究竟是怎麼了。看樣子也只能等到明天雙方都冷靜下來再說。

四葉平常就很沉穩寡言，現在也是一樣安靜，然而表情明顯暗沉下來。久留里還在氣醬汁豆腐的事情，但天生的樂觀個性讓她表現得滿不在乎倒是一大救贖。

我就這樣懷著煩悶的心情洗了澡。回到房間做了簡單伸展後，拉開桌子旁的抽屜。

沒錯，這種時候就是要專注地畫畫，就算只能暫時忘掉那些擔心的事情也好。

我拿出平板電腦，準備著手畫美少女的插圖。

好，這就來畫個升上大學第一次被學弟告白之後的大二學生——櫻田美園好了。我這麼想著，開始在平板上動筆。

然而這樣莫名心不在焉的狀態下，遲遲無法畫出漂亮的線條。即使茫然地動手畫畫，卻還是很難集中精神。

說不定我比自己所想的更加動搖。

回過神來，只見櫻田美園的身體變得相當粗壯，表情還變得有點像是機器人。這樣看來根本就是準備要襲擊眼前人類的殺戮機器人。明明一副死魚眼又面無表情的樣子，只在嘴邊畫起弧線，微微泛紅的臉頰反而顯得更可怕。每當我急著想修改，不知為何就會更添獵奇的感覺。

到頭來還是完全無法集中精神，這讓我清楚得知創作真的會受到心神相當大的影響。

眼前這張獵奇的插圖簡直就像反映出自己的本性一樣，不禁打起了冷顫，便將圖片全部刪掉，乖乖地在床上躺好。現在也只能睡覺了。

＊　＊

隔天早上一醒來就回想起爸媽正在吵架的事情。

就像要粉碎我還懷著他們說不定在那之後就和好的淡淡期望一樣，只見爸爸不在臥室，而是睡在客廳的沙發上。

爸媽的感情不和睦，就會讓整個家的氣氛不和諧。

我每天早上在起床之後都會一邊撿垃圾一邊在家附近跑步，然後再到公園做廣播體操，但今天的心情實在沉重到提不起勁。

不，這種時候最重要的是更要一如往常地做完自己日常的例行公事。

我如此激勵自己便踏出家門。

在激烈地跑步之後前往的公園中，平常那些「健康會」的成員們都已經聚集在那裡。

主要都是由住在這附近的長輩們組成的廣播體操夥伴。除了我之外大家都已七八十歲，最年長的那位是九十二歲。我放空思緒做著廣播體操，動作也比平常更加俐落。

我總是在做完廣播體操之後就回家，其他人則是都留在原地開始聊八卦。

「年輕人啊，這個也帶回去吧。」

「謝謝。」

我收下不知道是誰拿來的南部煎餅跟花林糖，正要向各位告辭的時候，就傳來婆婆們聊天的聲音。

一聽到「熟年離婚」這個詞，不禁立刻停下腳步。

——離婚。

腦中浮現爸媽的臉，並再次想起他們吵架的事情。

不，怎麼會，不可能吧。

平常明明都不會像這樣聽人講話，現在卻忍不住豎起耳朵傾聽。

但接下來聽到的對話就夾雜起「腰痛」之類，還有「芝麻明」、「家醫」等關鍵字，看來是換了話題。

附近還有其他幾個人聚在一起開始打太極拳，我便搖了搖頭踏上歸途。

沖過澡洗去汗水之後，一進到餐廳就看到四葉在裡面。

「哥哥，這個放在桌上……」

一看到四葉拿過來的東西就愣在原地。

那是一份用綠色線框起來的離婚協議書。即使還看不懂漢字，四葉似乎也察覺到這是跟他們吵架有關的東西。只見她緊抿雙唇，並緊緊皺起眉間。

「爸爸跟媽媽現在在做什麼？」

「好像在二樓講話……」

是在和解嗎？還是又吵得更加決裂呢？內心湧上的危機感促使我喊道：

「久留里！」

原本窩在沙發上的久留里立刻像忍者一樣探出頭來。

「大哥，有何吩咐！」

「去、去偵察一下！」

「遵命，大哥！」

比起人高馬大的我，她行動起來應該比較安靜吧。以嬌小程度來說當然是四葉最適合，但是有鑑於爸媽在交談的內容可能不適合讓一個小學三年級的孩子聽見，於是請久留里前去偵察。

我跟四葉一起靜靜地等了一陣子，不久後久留里便躡手躡腳地回來。

「該怎麼說呢……他們好像在臥室講話的樣子……」

「嗯，感覺講得怎麼樣？」

「他們開始搶奪親權了。」

「也太心急了吧！」

應該說，從吵架到離婚的進程未免太快……！

「兩個人都說想撫養我們三個，誰也不肯退讓。」

「這樣啊……」

這時我突然察覺一件事。

如果爸媽真的離婚了，我跟久留里說不定就會分開。

照久留里的說法看來，爸媽都想各自帶走所有孩子，但這終究不可能。久留里本來就是爸爸帶來，而我是媽媽帶來的孩子。聽說通常是母親比較容易取得親權，因此四葉可能也會跟著媽媽。

當然也要看當事人的期望，不過久留里一旦知道爸爸會獨自一人生活，她也不會硬是要跟著媽媽走吧。

要跟久留里分開生活。

久留里將不再待在自己身邊。

光是想像而已，就感受到宛如獨自站在狂風吹襲的荒野上的那股寂寥。

就算沒有她在身邊，日子也過得下去。但對我來說，沒有久留里這個妹妹的人生，肯定會超乎想像地無趣吧。

而且爸媽說不定還會在這樣的狀況下，告訴久留里與四葉關於我們家血緣上的祕密。思及此，我的心情變得相當沉重。

今天是難能可貴的週末，我們家卻籠罩在揮之不去的烏雲之中。

無意間一看，只見四葉抱膝窩在餐廳角落，全身都纏繞著黑色障氣般消沉不已。看起來就像個陰暗的座敷童子。

我靠過去並語氣溫柔地問：

「四、四葉，要不要吃冰？」

聽聞我的問題，四葉有氣無力地搖了搖頭。

「那、那要跳個開心的舞嗎？」

聽我這麼問，四葉傻眼地看著我大嘆一口氣。

「那不然……不然……」

傷腦筋，完全不知道該怎麼讓一個八歲女孩提振精神。換作是男生，總覺得只要拿出鍬形蟲應該就能多少振奮起來，但四葉是女生，而且還怕蟲。要是拿出那種東西，說不定會發出驚天動地的哀號，不可能因此露出笑容吧。

「久、久留里！」

「大哥，有何吩咐！」

我這麼一喊，久留里就從廚房櫃子的遮蔽處探出頭來。

「久留里……妳、妳有沒有可以激勵四葉的點子……」

看見身上纏繞黑色霧氣，一副要黑化的四葉之後，久留里「嗯——」地沉思。

「久留里！真不愧是陽光型嗨咖腦耶！反正待在家裡也只會覺得更陰沉而已。就這麼辦吧！四葉……」

「好！我們一起去遊樂園吧！」

四葉身邊還飄散著黑色的霧氣，但久留里毫不介意地對她說：

「走嘛！今天可以借妳揹之前說很可愛的那個漆皮包喔～」

四葉猛然抬起頭，身邊的黑色霧氣也隨之消散。

「…………我、我要去！」

太厲害了。

這是不論我再怎麼絞盡腦汁都想不到，能讓女生振奮精神的方法。我壓根兒就沒有能因為那種事情振奮起來的念頭。

就在我開口說：「好！那就走……」時，傳來一道開門的聲響。

是鬼神……應該說是媽媽走了進來。

我跟久留里及四葉在轉瞬間對視並點了點頭。

吵架的是爸媽，與我們無關。但我們或許各自向爸爸媽媽打聲招呼，緩和一下氣氛會比較好。

就在我們之間有人想開口的時候，門接著又應聲開啟。

爸爸進來之後，一見到媽媽就瞪視著彼此。

然後不知道是誰先「哼！」了一聲，兩人就賭氣地撇過頭並走出去。

「小學生喔！」

久留里把我內心所想的話如實喊了出來。

後來家裡的氣氛又再次沉寂下來，但就像要打破這樣的靜默般，久留里開口說：

「我們趕快去遊樂園吧～」

「嗯，走吧。」

我們做好準備之後，一起走出玄關。

一路上所有人都沒辦法嗨得很澈底，總覺得心情滿鬱悶的。本來就話不多的四葉一直保持沉默，就連看起來滿不在乎的久留里都茫然地不知道在沉思什麼。我自認在心情上也是有所轉換，但基於天生就愛操心又陰沉的個性，動不動就會想像往後的事情而意志消沉。

我們面目凝重得像肩負嚴酷使命的戰士般搭上公車，再轉乘電車，抵達離我們家最近的鶴苑遊樂園。

遊樂園裡到處都是一臉幸福地全家來玩的遊客。

不，當然也是有很多看似情侶或者和一群朋友來玩的學生，然而這種時候不知為何目光就是會朝著幸福的一家人看去。

四葉露骨地一直盯著他們看，但立刻就抿住雙唇，緊緊握住我跟久留里的手。然後難得放大聲量說道：

「……………窩要玩！」

由於咬字本來就還不太清楚，再加上興奮的關係，導致她說得口齒不清。後來四葉靜靜地發洩情緒。

四葉不發一語地去排雲霄飛車，連續搭了三次。她不但沒有尖叫，還一本正經地走回來並重重地大嘆一口氣，接著又大步走向旋轉木馬。

我跟久留里儘管震懾於那股莫名的氣勢，還是跟在她身後過去。

我拍下一個八歲女孩一本正經地搭著白馬轉來轉去的照片，接著又拍下一個八歲女孩一臉無趣地搭乘感覺就很好玩的空中鞦韆的照片。

明明身在這麼快樂的空間裡，四葉鬱悶的心情還是沒有變好。

儘管感到不安，回過神來就發現久留里有夠悠哉地吃著可麗餅，多少也讓我覺得有些提不起勁。

「妳什麼時候買的啊？」

「剛才啊！是草莓巧克力香蕉奶油口味喔！」

四葉聽到久留里這麼說就抬起頭來。

「四葉也吃看看吧。來，啊～」

四葉盡全力把嘴張到最大，並一口咬下久留里遞過來的可麗餅，嘴邊還沾著滿滿的鮮奶油就直接咀嚼起來。

然後沉下臉來，讓內心的怒火開始爆發。

「討厭啦————！是怎樣！吵什麼架啊！也、也都不跟偶們縮……！卡定嚕敗也桑假肯屋！」

大概是情緒相當昂揚，我已經完全聽不懂她最後究竟說了什麼。

「四葉，冷靜點吧。要喝果汁嗎？」

「咬喝！」

四葉一口氣把久留里遞過來的蘋果汁直接喝光。

「噗哈———！偶、偶、偶不管惹！再也不管那種爸爸跟媽媽惹辣！」

四葉頓時變得像個小醉鬼。我跟久留里不禁面面相覷。

「哥哥、姊姊……」

「嗯？怎麼了？」

「怎樣怎樣？」

我跟久留里一起湊過去看著四葉。

「偶再也……不要爸爸跟媽媽了！哥哥姊姊代替他們變成四葉的爸爸媽媽啦！」

然後說出這種強人所難的話。

「咦？好啊～沒問題！妳說什麼都好～」

「久留里，妳不要什麼都沒想就隨便答應！」

「咦？不行嗎？」

在愣住的久留里旁邊的四葉伸手緊緊握住了我的衣襬。

「哥哥……拜託你。只有今天一天也好……！」

「唔咕……！」

四葉一副淚眼汪汪的樣子。如此一來，無論那湧上的淚水是真是假，我都只能盡全力實現她的願望。自己疼愛的八歲女孩的眼淚比鑽石還更寶貴。

「好，久留里，就來扮爸爸媽媽吧！」

「咦！小光……你認真嗎？」

「對，既然是四葉的期望，就只能盡力實現。」

久留里看了四葉的臉之後也點點頭。

然後久留里先是清了清嗓子，不知為何就裝模作樣地發出成熟的嗓音。

「……老公，今天晚餐要吃什麼？」

「煎、煎餃。因為四葉喜歡吃煎餃。」

「爸爸、媽媽，謝謝……我喜歡吃煎餃！」

「…………」

然而這時所有人都換上一本正經的表情，停下了這段小劇場。

應該說，這根本只是把哥哥姊姊的稱呼換成爸爸媽媽而已，與平常的對話相去不遠。久留里似乎也這麼認為，便決定改變方針。

「老公，之前你的西裝上有一股香水味耶……」

「咦？什麼！那、那是沾到一個叫木梨的會計的香水吧。」

「西裝上還有一根長頭髮耶……真不知道那位木梨是個怎樣的人啊？」

「別說蠢話了。木梨是個留長頭髮，而且身材壯碩的男性。」

「那又是誰的耳環掉在車子裡呢？」

「……那也是木梨的！」

「那在你的襯衫上留下的唇印呢？」

「那也是木梨！」

「木梨到底是何方神聖啊！」

「我也不知道！而且妳不要做這種奇怪的設定好嗎！連假扮的夫妻設定都在吵架也太慘了吧！我們是感情融洽的夫妻！知道嗎！」

「我、我跟小光是……感情融洽的……夫妻……我、我知道了！」

久留里的表情馬上恢復原樣。

「……那就忘掉木梨的事吧。你心裡一直都只有我對吧？那就對我說你愛我！」

「假扮到那種地步是不是又會離題啊？」

「我也不知道要怎麼假扮啊……總之快說你愛我！要看著我的眼睛，而且儘量說得大聲又清楚一點！」

「…………」

一般來說，丈夫會在遊樂園對妻子訴說愛意嗎……不，但現在的重點在於該扮演一對感情融洽的夫妻。

「呃，我………愛……？嗯……」

「小光……」

「唔嗯——」

「小光！」

「該怎麼說呢……感覺還是掌握不到那種情緒……總覺得哪裡不太對……」

「要再更投入角色才行啊！你也太不專業了！給我認真點！得讓四葉將注意力從難受的現實中移開才行！快給我啊！愛！」

「是、是沒錯啦……」

當我陷入沉思時，四葉大聲喊道：

「爸爸、媽媽！接下來去玩那個吧！」

「沒問題，我的乖女兒！哈哈哈哈！」

「呵呵呵呵，就去玩那個吧，我可愛的孩子！」

當我們在演這種虛情假意的小劇場時，剛好聽見別人說：「真是一對年輕的夫妻呢。」

無論再怎麼牽強，既然本人都這樣講了那也只能相信。拜託相信我們吧。

如此思考的我朝那邊俐落地撇了一眼，對方馬上就撇開視線。

久留里突然就一臉開心地用手肘頂過來，並悄聲地說：

「很像喔、很像喔！我們完全就是夫妻啊～！」

這時久留里的眼神望向半空，壓著雙頰喃喃地說：「夫妻……」臉還有點泛紅。

夫妻。

這麼說來，既然我跟久留里沒有血緣關係，也可以成為夫妻。

這並不代表我自己有這樣的期望，終究只是陳述一個有可能發生的事實而已。

但一思及此，我的腦袋就會當機。

不同於表情在轉瞬間變得一本正經的我，久留里愈來愈得意忘形。

「欸欸，小……老公！我覺得差不多可以給四葉生個弟弟或妹妹了呢。」

「……妳、妳突然說什……唔！」

「既然是夫妻，就得好好規劃一下！什麼時候要生？」

「白、白癡！」

「什麼，你才是笨蛋！」

「不要下意識罵回來！」

無意間一看，只見四葉茫然地呆站在原地，完全沒在看我們這對愚蠢的假扮夫妻。

湊過去看她的臉，呈現半睜著眼的發呆狀態。

然後她用冷靜到極點的語氣明確地說：

「抱歉。但還是不太一樣。」

四葉用袖子揉了揉眼睛，說著：「……我去上廁所」就朝附近的廁所走去。

我趁機立刻對久留里進行演技指導。

「……久留里，不對。不是這樣。」

「怎樣？我覺得很像夫妻啊！」

「不對。妳所演的不過是在腦海中架構出來，以前不知道在哪裡看過的那種典型夫妻。我們現在需要的是真實感。而真實感應該是要從每一個小動作或說出口的字句中表達出來……並不是將老套的範例具象化就好，應該要更融入自己才行……」

「咦～？我聽不太懂你在說什麼耶。」

說真的，我也愈來愈搞不懂了。我到底想說什麼……現在是什麼時候？這到底是哪裡？

頓時莫名冷靜下來的我環視四周。

遊樂園裡充斥著孩子們的歡笑聲及大家在交談的聲音。大型摩天輪正在稍微遠一點的地方轉動。

在梅雨季空檔放晴的天氣，讓太陽將大地曬得暖洋洋的相當舒服。照理來說，我們兄妹三人在這樣的日子來到遊樂園，應該能享受一段和樂融融的天倫之樂才對。

我頓時感到很空虛，便重重地大嘆一口氣。

「久留里……」

「嗯？怎麼啦～？」

「如果……爸爸跟媽媽真的離婚……」

原本一直盯著吉拿棒餐車的久留里，聽到我說的話便默默地看了過來。

「不管發生任何事情，我們無疑都是家人，是兄妹。」

「……小光。」

「就算……就算我們要分隔兩地……」

「嗯。」

「我們都是家人……」

久留里踮起腳，溫柔地對著講到鼻酸的我拍了拍頭。

「小光，別擔心啦。」

「……嗯。」

「不過是那種吵架……馬上就會和好，對吧？」

像這樣被她摸頭安撫，讓我發現比起久留里，反而是自己更加動搖。這可不行，我是哥哥，怎麼可以讓妹妹擔心呢？我做了一次深呼吸，讓心情平復下來。

不久後，只見久留里一直張望地看著四周。

「四葉好慢喔。我去看看。」

如此說道的久留里朝四葉剛才進去的廁所走去。

我持續做著深呼吸並在原地等了一下，只見久留里小跑步出來。

「小光，糟了！廁所裡面都沒有人！」

我頓時抱頭苦惱不已。

「四葉……」

急著環視四周，並在附近找了一圈但都沒看到她的身影。

「我在這附近再找一下。久留里，妳先去服務中心！」

「好、好喔～」

當我跑來跑去找人時，聽見尋人廣播。

找過附近那一帶之後，便朝著服務中心跑去。

「四葉有來嗎？」

聽我這麼問，久留里搖了搖頭。

我請園區人員再廣播一次，等了二十分鐘左右。

在等待的期間，感覺就像身在地獄一樣漫長。

就在我焦急到等不及，正要再四處去找人時，四葉突然現身了。

「四、四葉！」

久留里大喊了一聲並緊緊抱住她。

「我們好擔心妳喔～！」

「……對不起。我有點發呆。走出廁所之後就不知道剛才是從哪裡過來的，於是迷路了……」

雖然顯得有些消沉，但沒有散發出想像中那種悲愴感，也讓我安心不少。

「……哥哥，你滿頭大汗。」

「因為我到處找妳啊……」

「哥哥……對不起喔。謝謝你。」

四葉緊緊抱了過來。我們就這麼抱了一陣子，並摸摸她的頭。

「……我們回家吧。」

久留里脫口說道，我便回應：「也是呢。」

「回家之後，再好好跟爸爸媽媽談談吧。」

「嗯，這樣比較好呢。」

在牽掛著一件事的狀態下，再玩下去也沒辦法盡情享受。既然如此，倒不如回家把話講開比較好。

我們向服務中心的工作人員們道謝之後，便朝出口走去。

就在我們踏出遊樂園大門的那個瞬間——

「小葉啊啊啊啊啊——！」

「四葉啊啊啊啊啊——！」

馬上聽到熟悉的聲音同時大喊，定睛一看就發現爸媽正朝著我們狂奔而來。

「爸爸……媽媽……」

四葉驚訝地大大張開嘴。

久留里來到我身邊小聲地說：

「抱歉，發現四葉不見之後……我馬上就聯絡媽媽了。」

「……其實我也是在找她的時候聯絡了爸爸。」

但在見到四葉平安現身之後，我跟久留里都完全忘了要跟他們回報一聲。

爸媽就這樣完全沒有減速地一路跑來，並像要夾住四葉一樣將她緊緊抱住。

「姆咕！」

「小葉！」

「四葉！妳沒事吧！」

兩人夾著四葉，放心地說道。

「爸爸、媽媽……不吵架了嗎？」

「離婚呢？」

「現在狀況是怎樣？」

四葉、久留里跟我接連對爸媽這麼問，他們這才回過神來似的面面相覷。

媽媽張了嘴，一臉驚訝地說：

「我……」

「嗯？」

「我都忘了有這回事～一想到……小葉在遊樂園走失……就立刻去找四郎了。」

爸爸接著媽媽的話說道：

「嗯，然後我們立刻團結一致地開車出來，走最快的路線直接衝過來這裡。」

媽媽一臉難為情地搔了搔頭。

「……四郎，對不起。是我突然發了脾氣。」

「……不，我才真的該向妳道歉，是我太不成熟。」

「很好～來來來！爸爸、媽媽，握手言和～！」

久留里拉過爸媽的手讓他們握住。

「耶～！和好了～！」

由於久留里中途插入傻傻的歡呼聲，簡直完全沒有緊繃感。這次吵架的事就這麼當場落幕了。

「讓你們顧慮這麼多，真的很對不起耶～」

「是啊，抱歉，讓你們擔心了。」

爸媽分別輕輕抱住我、久留里和四葉，並向我們道歉。

久留里大嘆了一口氣說：

「我們超擔心的耶～更重要的是我還落得吃豆腐淋醬汁的下場。」

她好像對此相當懷恨在心。

「對了！我要求你們給我賠禮！」

「……四葉也要。」

「嗯嗯，畢竟都把妳們捲進來了嘛……看喜歡什麼都買給妳們。」

媽媽如此說完，久留里跟四葉就揚起竊笑互相擊掌。妹妹們無論何時都這麼鬼靈精怪。

「小光也叫他們買個東西給你啊！」

「是啊，光雪，想要什麼就儘管說吧。」

「不用啦，我……只要你們和好就夠了……」

對我來說，家人間恢復和平的關係就是最好的禮物。

一開始雖然是搭巴士和電車過來，回程則是所有人一起搭爸媽趕過來時開的車。能像這樣全家人感情融洽地湊在一起，真的是一件很美好的事情。

爸爸在開車的同時感慨地說：

「夫妻間相處了這麼多年……有時會覺得距離感變得很奇怪。該說是覺得對方跟自己的界線變得模糊不清嗎……覺得對方所想的肯定跟自己一樣……雖然說不上來但總是自以為能夠理解。不過終究還是他人啊……」

坐在副駕駛座的媽媽也感慨地回應：

「是啊。當了這麼多年夫妻，即使不是有什麼地方改變了，但真的會一點一點愈來愈像……不知不覺間……我也產生了那種想法。」

久留里一邊調整一上車立刻就睡著的四葉頭的位置一邊開口說：

「啊，對了~你們吵架的原因是什麼啊？」

「喔，冷凍庫有一隻人家給的毛蟹……」

「沒錯沒錯，我們因為要做成蟹殼酒還是焗烤而意見決裂了啦。」

「啊？」

久留里一臉難以置信的樣子，整個人頓時僵住。

「就、就、就因為那種無聊的理由……？」

「呃，早知道事情會變成這樣……其實再買一隻毛蟹，享受兩種吃法就好了。」

如此說道的爸爸語氣凜然。

「真不愧是四郎！我也這樣想！只要多做幾次就好了呢。」

我朝久留里看了一眼，只見她的眉頭皺得緊緊的。

「竟、竟然就為了這種無聊的事情……害我……要在豆腐上淋醬汁……」

久留里忿忿地發出低吟。她還在講豆腐那件事。

即使如此，爸媽順利和好真是太好了。

家庭分崩離析這種事，光是稍微想像了一下就難以忍受。

我現在深愛的這個家庭，未來也會因為我們就職、結婚等關係而在形式上產生改變吧。一直維持現狀並不健全，現在這樣只不過是在極為短暫期間中的家族型態。

而且這樣的家庭，無論少了任何一個人都無法成立。大家都要過得幸福才有辦法維持。這個家庭的現況很有可能因為一點點變化就會輕易崩解。這次的事情讓我體認到這樣的和平及平衡，其實意外脆弱。

心裡感到極為放心的我，在全家人一起回家的車子裡靜靜地哭了。

＊久留里的沉默

在回程的車上，我發現小光靜靜地落下一滴眼淚而愣了一下。

以前全家人一起看，而且幾乎所有人都嚎啕大哭的那部電影，只有小光一個人沒有哭。

無論國小、國中的畢業典禮，還是腳的小拇指撞到衣櫃邊角時，他都是扳著一張臉的樣子。他就是個很少會落淚的人。

在市公所拿到戶籍謄本並得知事實的我，本來是想立刻就跟小光說這件事。

但在那之後立刻碰上爸媽鬧離婚，莫名就錯過了開口的時機。

真的只是抓不到時機而已。因為小光感覺很慌亂，四葉也很消沉，完全不是可以好好跟他說的狀況。畢竟那對我來說不是一件小事，所以想等爸媽的事都告一段落之後再跟他講。

但在這場騷動當中，我忽然冒出一個疑問。

小光該不會其實知道那件事吧？

可是，真的沒有他不知道的可能性嗎？

感覺小光自從春天開始就瞞著某件事情。我一直以為他瞞著我的就是這件事情，但那真的就是如此嗎？

在遊樂園的時候，小光對我說無論發生任何事情，我們無疑都是兄妹。

而且小光也為了四葉到處奔走，看到爸媽和好更是熱淚盈眶。

小光對家人抱持強烈的親情。而且朋友也不多，所以他的愛幾乎都分配給家人了。

他這樣近乎狂熱又率直的親情確實讓我感到很開心，但親眼目睹爸媽鬧離婚之後，反而讓我心生不安。

不只是我，小光跟爸爸也沒有血緣關係。如果我在他不知情的狀況下說出這個真相，想必會大受打擊吧。

小光個性頑固又容易鑽牛角尖，一旦發起脾氣就會連一丁點理智都沒有的類型。一旦告訴他的方式不太對，難保他不會衝上懸崖就直接一躍而下。

會跳崖——思及此，我的背就竄起一股冷顫。

所以不禁陷入沉思。

畢竟是這麼重要的事情，說不定再稍微觀望一下，先確定他知不知道這件事再說。但也不能直接問，必須拐彎抹角地試探才行。

如果他真的不曉得就不要說，這樣對小光來說應該才是幸福的吧？他絕對不會想知道。就算運氣好不至於讓他跳崖，得知這個足以撼動我們家庭的祕密之後，小光說不定會誤入歧途，或是人格完全改變，也很有可能會因為承受不了這個事實而離家出走。

這件事必須謹慎處理。首先，要試探一下他知不知道這件事。如果察覺他並不曉得，屆時保持沉默才是最好的選擇。

但就我的個性來說，保持沉默是一件相當煎熬的事。

好想講。

至今在生活中發生過的所有事情，全都會毫無保留地告訴小光。

不只是有好事發生的日子，就連當天吃過的東西都會報告，我就是個無論在路上跌倒還是跟朋友吵架，都希望哥哥可以聽我訴說任何事情，也了解一切的妹妹。

而且既然是他不知道的事情，當然也會想告訴他。

無論如何，我還是很想講。說到頭來，光是沒辦法跟小光分享自己的煩惱，就是一種極大的壓力。

回過神來，隔著車窗已經可以看見家附近那熟悉的道路。

「小光……」

「嗯？」

「這世上真的有不要說比較好的事情嗎……」

「什麼意思啊？」

「呃，就像……為了圓融的人際關係，或是為了不傷害到某個人而選擇貫徹沉默……」

「這個嘛，那當然有。俗話說，禍從口出。要是無論任何事情都口無遮攔地說出來，胡亂攪和身邊的人或情況就不太好。」

「也是呢……」

「但是……」

「咦？」

「久留里，如果選擇保持沉默會讓妳感到煎熬，找個妳能開口的對象傾訴也很重要。」

小光笑著說：「若是能向我傾訴的事情就儘管說吧。」

我對小光說不出口，因為這是想瞞著他的事情。

但是——其實我最想對小光本人說，不然一點也不痛快！

而且也好想問他！

小光已經知道了嗎？還是不知道呢？

我們之間沒有血緣關係。

然而就是……問不出口。小光要是去跳崖，我再怎麼後悔都來不及了。

但我偏偏又好想趕快確認這件事，想問得不得了。

「咕唔……爺爺，告訴我該怎麼辦……」

「在學小蓮嗎？」

我瞪向一臉莫名神清氣爽的小光，忍不住緊緊地咬牙切齒。

順利到家之後一下車，小光就用悠哉的語氣對我說：

「久留里，庭院裡的樹有蟬在叫耶。夏天已經到了呢。」

聽他這麼說，不知道躲在哪裡的蟬，就在附近發出讓人覺得夏天到來的知了蟬鳴。

第二章　泳裝、西瓜與揭露

雖然發生了很多事情，高二的上學期順利結束，今天就是結業典禮。

在體育館舉辦完典禮之後，各自零零散散地返回教室的學生當中，我發現同為學生會成員，也同是班長的渡瀨詩織。身為完美優等生的她，今天也是挺直背脊，姿勢端正地走著。

「渡瀨。」

「是入鹿同學呀。」

與平常一樣，本來頂著毫無破綻的表情而且一本正經的她，當我一出聲搭話就微微揚起笑容應答。

不久前渡瀨找我商量，並希望我能成為她的朋友。

我答應了之後，難得她都約我去看電影，卻因為久留里鬧離家的事情，以至於到了當天才拒絕她。這讓我覺得非常過意不去，後來也向她道歉，最近則是以朋友的身分，比起以前還更常找她攀談。

「……接下來有好一陣子不能見面呢。」

如此說道的渡瀨一臉帶著淡淡的憂愁。即使是在體育館的嘈雜聲之中，她的聲音也是既凜然又清晰，散發出一種讓人覺得相形見絀，顯得威風凜凜的氣勢。

「……渡瀨，妳暑假期間有要去哪裡嗎？」

「應該就是在親戚經營的旅館做短期打工吧。」

「感覺好像很辛苦，是想買什麼東西嗎？」

「沒有，我打算把在那邊賺到的錢都存起來。幾乎可以說是去那裡學習做人處世吧。入鹿同學呢？暑假有計劃要去哪裡嗎？」

「我……應該就跟平常一樣吧。」

每年即使是在暑假期間，我頂多只是比較頻繁地練習劍道，生活上並沒有什麼變化。

「那個……入鹿同學，暑假期間……」

渡瀨的話才說到一半，就聽見有人喊著：「渡瀨同學～」

四處張望了一下的渡瀨，也跟叫住她的人對上視線。

「啊，找到妳了～渡瀨同學，吉岡老師在找妳。」

「我馬上過去。」

渡瀨嘆了一口氣，並對我微笑。

「妳是不是有什麼話說到一半？」

「不……沒關係。那我走囉。」

我對著渡瀨揮揮手，便朝著體育館的出口方向走去。

這時只見久留里就站在出口旁邊，與她的朋友七尾美波湊近著臉談笑風生。

久留里雖然背對著我這邊，但美波在看到我之後對久留里說了些什麼。

接著轉過頭來的久留里揚起滿臉笑容。

「哇～是小光耶！嗨嗨！超久不見！」

久留里最近雖然不會再像之前那樣黏人，但還是會開心地在我身邊晃來晃去。

「是啊，今天早上才見面呢……」

「欸欸欸，今天可以一起回家嗎？」

「嗯，可以啊。」

「那回家的時候啊……」

眼看久留里開始滔滔不絕，美波輕輕戳了她幾下並問道：

「久留里，那件事……妳想好了嗎？」

「啊，對耶！」

「嗯？」

聽美波這麼問，久留里對著我說：

「就是啊，美波問我要不要一起去她外婆家。」

我看了美波一眼，她在點頭後向我解釋：

「我們兄妹倆每年暑假的前半段都會去媽媽的老家玩。但也沒什麼事情可以做……說穿了，到了這個年紀跟哥哥兩個人一起出遠門也沒什麼好玩的……才想說如果久留里可以一起來，應該會很開心。會長要不要來呢？哥哥應該也會很高興。」

「咦？我也可以去嗎？」

我忍不住四處張望了一下，這時正好與來到出口附近的美波哥哥——七尾優樹對上眼。他是我的同班同學，也是我為數不多的朋友之一。因為看到美波跟我湊在一起，便過來打聲招呼。

「怎麼了嗎？」

「哥哥，那個啊，我在問久留里跟會長要不要一起去外婆家。」

「咦，會長也會來嗎？」

「如果你們那邊方便讓我同行就好了……」

我很擔心久留里會在別人家引發什麼問題。假如可以同行，我這個哥哥就應該作為監護人一起去吧。

「請、請務必一起來！美波跟會長的妹妹要是湊在一起，我就沒有呼吸的地方了！」

我似乎可以理解他的心情。美波雖然不是會大聲吵鬧的那種類型，即使如此一旦和像是三百六十五天都在開趴的嗨咖女久留里湊在一起，她的情緒也會跟著變得高昂，而且女高中生只要聚在一起就會產生一股莫名的能量。儘管我也認同，不過像是七尾這類型的人，應該會感到格格不入吧。

「小光，聽說美波的外婆家非常寬敞喔～」

久留里開心地對我說完，便再次對著美波說：

「對了，美波，那我也能帶妹妹一起去嗎？」

「當然沒問題～」

「太棒啦！小光，真期待暑假呢！」

於是就此決定一放暑假，入鹿三兄妹要到七尾兄妹的外公外婆家玩個四天三夜。

＊　＊

回家之後我們立刻跟媽媽還有四葉說這件事，也順利得到許可。

反正直到中元假期之前也只有學生在放暑假，媽媽的工作更是與中元假期或新年假期沒什麼關係。不如說還要配合出版社的中元進度導致工作要提前，因此暑假期間才更忙，在這狀況下她似乎反而很感激我們可以帶四葉去旅行。

由於我是幾天前就會開始做準備的類型，所以立刻就在房間裡整理必需品。

就在這時隨著一道悠哉的敲門聲，久留里來到我的房間。

「小光！我得去買泳裝才行！」

「泳裝？」

「對啊，聽說那附近有個淒涼的海灘耶！」

「淒涼……」

在我腦中浮現只長了一顆快要枯萎的椰子樹的海灘。未免太老套。

「好像因為淒涼的關係，那邊一點都不會擁擠喔！那當然需要泳裝吧。」

「妳還有去年買的吧。」

「小光……我可是正值成長期的女高中生喔！去年的泳裝在胸部的地方已經變得很緊了好嗎！所以等一下小光也跟我一起去買吧。」

「這種事情應該找美波學妹去比較適合吧？」

「嗯──但小光如果沒跟我一起去挑……」

久留里話說至此就噘起了嘴。

「嗯？」

「買了之後小光一定會說那太暴露了，布料面積太少什麼的，一直挑三揀四的吧？」

「唔……只要是在常識範圍內我也不會囉唆……」

「如果用我的常識挑選也沒問題是沒差啦～但是小光跟我的常識範圍，很明顯就不太一樣吧？」

如此說道的久留里組起雙手抱胸，並挑起單邊眉毛。

「假如你能保證絕對不會後來才要我再去退貨改買其他款式之類的，不跟我一起去買也沒關係啦。」

「好吧……我跟妳一起去。」

「對吧，這樣比較快嘛。」

我跟久留里馬上就出門，來到位於車站後方一間陳列著許多泳裝的店。

久留里隨便就試穿了超過十套泳裝。

不同常識間的磨合，這個過程比我想的還更辛苦。

每當久留里換好泳裝打開試衣間的門，我都會大喊：

「妳是要參加巴西狂歡節喔！那怎麼看都不是日本女高中生可以穿去海邊的款式吧！駁回！」

「好啦～」

然後換好下一套的久留里再次打開試衣間的門。

「不行不行！這套也太不知羞恥！要是穿著這種泳裝遭偷拍，可是會被放到網路上廣為流傳，就連住家也會被鎖定，事情會變得很嚴重喔！妳要更有點危機意識才行！」

「咦～會嗎～」

儘管一臉不滿的樣子，換好下一套的久留里再次打開試衣間的門。

「那種帶有光澤的質地會讓人聯想到ＳＭ女王！駁回！下一套！」

「……我覺得會這樣聯想的人比較糟糕吧……」

一邊抱怨還是一邊換好下一套的久留里再次打開試衣間的門。

「駁回！布料面積那麼少，要是碰上半獸人馬上就會被擄走並碰上很可怕的遭遇喔！」

「……小光，你真的沒有在看成人漫畫吧？」

「我沒看！這是一般教養的範疇！下一套！不對等等，妳拿在手上的是什麼？這不是泳裝只是繩子吧！打從一開始就沒必要試穿！駁回！馬上放回去！」

「啊啊啊～！等一下啦～！也還有一點布料啊！」

「只有一點不行好嗎！假如只有一點，無論重要的地方，還是不願忘懷的心意全都守護不了吧！」

「嗚嘎～就算赤裸裸也有能守護的心意啊！不然換這套！這就只是普通比基尼了吧！」

「這跟剛才那個一樣，道具名稱才不是『普通比基尼』而是『女騎士的比基尼鎧甲』！只要裝備上去就會提升魅力但防禦力為零，不但附加引來敵人的效果，甚至會因為詛咒而脫不下來！駁回！」

「喵～！不然這套……雖然有點像是丁字褲但配色……」

「夠了！由我來選正常的款式！布料很多的設計也有很多種款式不是嗎！妳從剛才開始到底都是從哪裡找來那些森巴舞用或是女騎士專用的款式啊！」

「不要不要～！難得有機會穿泳裝，我想自己選華美又可愛的款式啦！」

「妳給我從布料很多的泳裝當中選可愛的款式！」

「開口閉口都是布料，泳裝最重要的不是布料面積而是設計好嗎！」

「那布料很多的泳裝也有可愛的設計吧！」

「姆嘰──！」

花了好幾個小時，在我跟久留里互相妥協之下，選定了一套設計極為簡單的水藍色比基尼泳裝。上半身是後綁設計。總覺得下半身的開衩有點高，但她答應會再多穿一件防曬的短褲於是就此妥協。

「是滿可愛的啦……真的不會太樸素嗎～」

「去那種冷清的海灘妳是設想會有什麼熱鬧活動啊。應該沒幾個人去那邊玩吧。」

「重點不是有沒有人看到啊！就算沒有其他人看，穿著可愛的泳裝就是會嗨起來啦。」

「別擔心。沒事的……久留里，穿在妳身上就是宇宙第一時髦又可愛，所以沒問題。」

「咦～真的嗎？」

看著變得挺憔悴的我，久留里露出一副「拿你沒轍耶～」的樣子點了點頭。

＊　＊

到了出發那天，梅雨季已經結束，天氣相當好。

久留里與四葉都戴著寬緣的帽子搭配洋裝和太陽眼鏡擺好姿勢，一副要好好享受這趟假期的樣子。

我們與七尾兄妹約在離高中最近的那個車站順利會合。

「啊，久留里，我們在這邊。」

「美波～！」

兩人發出歡呼，四葉也跟她們做了初次見面的招呼。明明只是打聲招呼，女生們實在太有精神讓我不禁有些畏縮，並在跟她們相隔了一點距離的地方看著時，頂著一副相似神情站

在附近的七尾前來搭話。

「會長，你有帶書來看嗎？那附近甚至沒什麼店家，真的會沒事做到驚人的程度喔。」

「原來如此，所以你才會扛著那把吉他啊。」

除了一個小小的手提包之外，七尾還揹著一個吉他袋。

「對啊，練習最好消磨時間了。」

我們一起搭上電車，並在中途的車站買了車站便當，接著轉乘新幹線。

我向坐在旁邊的七尾搭話道：

「你們每年都會像這樣去玩嗎？」

「對啊，雖然距離超遠還滿辛苦的……算是每年的慣例。」

「這樣啊。」

「不過……儘管還沒確定，總覺得應該只會到明年吧，這樣也會覺得有點可惜呢。」

聊著聊著我才發現一件事。仔細想想，除了畢業旅行等學校舉辦的活動之外，這應該是我第一次跟朋友一起去旅行吧。

隨著新幹線發車，心情也愈來愈雀躍。

難不成……我現在其實相當享受青春？這個事實讓內心默默為之撼動。

「會長，怎麼了嗎？」

「……沒什麼，我只是在細細品味。」

七尾探頭過來看著我一上車就打開的便當盒說：

「那個蘿蔔有硬到要這樣細嚼慢嚥嗎？」

「……這是青春的味道。」

「那個蘿蔔竟然是那麼青澀的味道嗎？」

七尾睜大雙眼，接著也打開自己的便當，並拿筷子夾起燉蘿蔔。

從新幹線下車之後，又坐了一小時左右的地方電車。車上幾乎沒幾位乘客。車窗外是一大片田園景觀，而且還都是田地，少有幾間住家。雖然我們家也不是位於都會區，但七尾他們外公外婆家所在的地方更是鄉下。

妹妹們一起坐在對面的位子，三人拿出點心聊得十分熱絡。

當我就此聽著電車的行進聲並過了好一陣子，身旁的七尾用平靜的語氣開了個話題。

「我前陣子啊，去找鬼馬馬學姊聊天……」

鬼馬馬學姊是指在七尾隸屬的熱音社裡的鬼八馬萌香學姊。聽說她是個比起一天三餐還更熱愛金屬樂的學姊。

「……我問她『今年的萬聖節有什麼計畫呢？』……」

——啊？萬聖節？除了「Eagle Fly Free」不作他想吧！（註：德國金屬樂團「萬聖節」

的名曲）

「……結果她這樣回我……」

「…………」

「我確實有提到萬聖節，但無論解釋多少次『我想說的不是關於那個德國金屬樂團』她都有聽沒有懂……」

「……這樣啊。」

在我脫口說出這種難以言喻的回答時，電車抵達目的地車站了。

這是個悠閒的小車站。走出唯一的剪票口，就看見有個戴著太陽眼鏡，身穿夏威夷花襯衫的時髦老爺爺站在那邊。

「哈哈哈～！你們總算來啦！」

他散發出的感覺讓人聯想到出現在知名漫畫中的好色仙人。

「這位是我們的外公。」

七尾的外公接著七尾的話，在說著「我是外公喔」的同時還比了個勝利手勢。給人一看就覺得是個興趣很多樣化的人。

「你好～！我是入鹿久留里！這位是我的哥哥小光，以及妹妹四葉喔。」

久留里帶著滿臉笑容介紹了我們。七尾的外公對於講話不怎麼恭敬的久留里並沒展現出不悅，還說著「耶～」並揮了揮比著勝利手勢的手。

接著又坐上七尾外公的車搭了一小時左右，這才總算抵達七尾外公外婆家這個目的地。

那是一幢位於一小座山的山腳處，散發懷舊感的平屋型日式住家。與最近的鄰居家相隔大概有徒步十分鐘以上的距離。正前方有一座像是闢開樹林開墾而成的寬敞公園，擺放著許多種遊具。

「家前面就是公園嗎？」

「不，那裡是庭院……那些遊具都是外公自己做的。」

「原來是這樣，真厲害啊。」

聽他這樣一講，那些像是鞦韆、吊床、蹺蹺板跟溜滑梯之類的遊具全都是木製品，而且也有親手做的感覺。

玄關前站著一位散發楚楚可憐的氛圍，身穿高雅和服的中年女性。

「歡迎你們～很熱吧。別一直站在那裡，我有替各位準備冰涼的麥茶，快進來吧。」

「那位是我們的外婆。」

「喔喔……該怎麼說呢……感覺是一對興趣迥異的夫妻呢。」

雖然說是興趣，正確來說是世界觀不一樣。

他們給人的感覺是如果相約在咖啡廳見面然後其中一個先到，當另一個人抵達時絕對不會認為會走去對方在等候的座位。看起來就像是即使一起加入像是槌球那種活動的俱樂部，也向來都不會交談的那種關係。

「不過，他們其實契合度很高喔。」

我們所有人都在大廳喝著冰涼的麥茶時，七尾的外婆向我們問道：

「我們幫各位準備了兩個房間，你們要按照家族分房嗎？還是要按照性別呢？」

面對這個提問，美波氣勢沖沖地回答：

「我想跟久留里一起！都已經是高中生，應該要按照性別分房！」

如此說道的她緊緊抱住了久留里的手臂。

「嗯嗯。那就把行李放去房間吧。」

七尾的外婆說完，我們也紛紛站起身。

「小光，那就晚點見囉。」

我將行李放在一間約七坪大小的和室之後，觀察起這個家的構造。

由於入鹿家的祖父母家都距離我們家沒有多遠。能在這種鄉下的典型住家過上幾天，我覺得非常新鮮。

「會長……你個性真的很一絲不苟耶。」

我將每天要穿的換洗衣物收納進大型夾鏈袋裡，並在上頭寫著日期以便管理。其他像是藥品、洗臉用品之類的，也都各自分裝並用簽字筆註明。

「只要裝進袋子裡把空氣擠出來就能節省很多空間。」

「真的很認真呢。」

抵達當天將帶來的行李都拿出來，悠悠哉哉地休息一下，很快就到了晚上，我們所有人都到有簷廊的寬敞大廳吃晚餐。

大家聚在一起吃的餐桌上擺了七尾的外公在附近河川釣到並拿去燒烤的溪魚，還有燉煮在田裡採收到的蔬菜等等，很多都是口味令人懷念的料理。而且應該是七尾的外婆很會煮飯吧，每一道菜都很美味。

晚餐過後，傳來大廳在看電視節目的聲音。

『你們兩個……其實是親兄妹啊！』

伴隨這句台詞響起了衝擊的音效，鏡頭此時也分別照出應該是男女主角的兩位演員特寫表情。

我半瞇著眼默默地僵住身子。

……跟我們家相反呢。

平常不去想就不會記得，但像這種時候就會忽然想起我跟久留里沒有血緣關係的事情。

除了我之外，大家明明都只是若無其事地聽過去……當我這麼想並剛好看向美波，發現她不知為何嘴邊掛著口水一臉神情恍惚的樣子緊盯著電視畫面看。

「久留里，美波學妹究竟是……」

「因為這剛好戳中美波的喜好，所以你不用在意喔～」

「這、這是什麼意思？」

我悄聲地問，久留里也悄聲回答：

「美波說她是媽媽漫畫作品的書迷。」

「……是喔？」

仔細想想，從她的言行舉止看來是有一點跡象可循，但美波感覺對自己的哥哥並沒有超出親人關係的執著。我很佩服她在自己也有哥哥的前提下還能完全分開看待，而且毫不介意地抱持這樣的喜好。不，說不定正因為可以跟自身狀況切割開來，才有辦法沉迷下去。

「小光……你怎麼想？」

「嗯？什麼怎麼想？」

「就是，那個……你覺得那種類型的作品怎麼樣？」

久留里莫名一本正經地這麼問。

「這個嘛，只要不是會觸法的那種激烈畫面，雖然還是得考慮觀眾看到的時段，反正作品表現是自由的，即使有稍微特殊一點的喜好，在不會給他人帶來困擾的狀況下收看也是一個人的自由。」

「我、我指的不是那方面啦……」

「咦？」

「就是那個啊，突然得知令人衝擊的事實之類……該怎麼說呢……呃……」

「……嗯？」

「嗯──算了，沒事。」

我覺得久留里的態度有一點奇怪。

自從前陣子吵架並和好之後，久留里似乎沉著了一點，不再過分地撒嬌。一開始還以為能就此順利地建立起我所期望的正常距離感。

然而到了最近，我有時會覺得她反而太過沉穩了。從小就很了解久留里的個性。當她表現得乖巧的時候才可疑。難保她不是在我不知道的地方有了新的改變。也說不定是有某些事情瞞著不讓我知道。不過也有可能是我想太多，其實只是自己還沒習慣這樣新的距離感。久留里乍看之下一如往常，其實偶爾會在奇怪的地方表現得很客氣，也有受到顧慮而綁手綁腳的感覺。

妹妹們始終都開心地聊得很熱絡。

我跟七尾平常的情緒就沒有那麼高昂，偶爾會聊個一兩句，除此之外都很安靜。

即使如此，七尾看著妹妹她們就感慨萬千地對我說：「會長有一起來真是太好了。」而且這樣不會太嗨的感覺對我來說反而剛剛好。

到了晚上十點，我和七尾回到準備給我們的房間，並排鋪好床墊之後靜靜躺下。

仰望著天花板時，身旁的七尾用相當細微的聲音說道：

「前陣子，我去激勵鬼馬馬學姊，跟她說加油的時候……」

——咦？你說伽瑪射線（註：Gamma Ray，音近日文「加油」）怎麼了嗎？

「她這樣回我……」

「喔……」

「無論我解釋多少次『我不是在講金屬樂團』她都有聽沒有懂。」

「……這樣啊。」

我就此踏入夢鄉。

＊　　＊

我跟平常一樣在天快亮的時候起床，看見陌生的天花板才回想起自己外出旅遊了。

接著從一動也不動地還在睡夢中的七尾身邊離開被窩，走出玄關。

迎接夏季的早晨。

我在附近跑了一圈，並在住家前面做了無聲的廣播體操。

正因為做著與平常一樣的事情，更是讓我湧上自己外出旅遊的實感。

回想起今天也一如往常地在那個家生活的爸媽。

鬧離婚的那件事情過後，爸媽的感情比以前還更好。畢竟至今都不曾吵得這麼嚴重，一度演變成差點離婚的狀況之後，似乎反而重新體認到彼此的重要性。希望他們往後的感情也都能這麼好。

明明是到比較遠的地方來玩，卻讓我湧上莫名懷念的心境。

「早啊～」

聽到招呼便回頭一看，發現久留里站在那裡。

「早，真難得耶。」

「嗯，總覺得莫名早起，一想到小光應該已經起床在外面活動，就來找你了。」

明明出了趟遠門，卻像是在家一樣，久留里就在眼前。那總讓我覺得很開心。

「小光，你已經跑完步了嗎？」

「嗯。」

「有看到什麼有趣的東西嗎？」

「不……說真的，什麼都……什麼都沒有。」

我在這附近稍微跑了一下，發現的新鮮事是鋪了柏油的道路，以及這附近真的什麼都沒有，甚至讓我連柏油路都算進其中。

我跟久留里就在住家附近隨便散步了一圈。

走了一陣子之後，久留里突然出聲大喊：

「哇啊，小光你看！」

「怎樣怎樣！」

「你看那邊！有自動販賣機！是稀有道具耶！」

「喔喔！」

我們衝到自動販賣機那邊觀察起來。

儘管相當老舊，但那是貨真價實的自動販賣機。撇除完全看不出裡面放的果汁是哪個牌子，以及莫名便宜之外，這確實是那個文明的利器。

新發現似乎讓久留里很開心，她立刻就買了一瓶不知道是哪一牌的柳橙汁。

「……那個有效期限沒問題嗎？」

「沒問題啦。」

「可是這台自動販賣機還無法使用新的五百圓硬幣耶……也不知道是什麼時候來替換商

品……」

「別說了，感覺愈來愈可怕。」

久留里抽回正要打開飲料罐的手。在我們做著這種蠢事時，太陽已高高升起。

「今天感覺也會很熱呢。」

「是啊。」

「……小光。」

「嗯？」

「只要一下下就好。」

「怎樣？」

「……摸摸頭。」

很不可思議的是，比起糾纏地來撒嬌，像現在這樣有些顧慮的撒嬌方式更讓我產生莫名的緊張感。距離靠得太近就只會覺得是家人，但說不定像這樣隔了一點距離的疏遠感，會讓我產生是他人的體認。

從前陣子開始，會有點不知道該怎麼和變得有些沉著的久留里相處的原因就在於此。

自從懂事之後，這件事已經不知道做過幾百次甚至幾千次，久留里看起來卻又像個陌生的少女。

我輕輕伸出手。

這是一身金色毛髮的貓。我一邊這樣催眠自己，一邊摸她的頭。

久留里抬起眼睛看著我的手一陣子，隨後就「嘿嘿」地笑了。

「欸嘿嘿。你想嘛，跟美波玩確實非常開心，可是難得小光都一起來了卻沒聊到什麼，這樣感覺還是有點寂寞嘛～」

「……也是呢。」

聽我這麼回答，久留里睜大雙眼。

「小光……也覺得寂寞嗎？」

「不，冷靜想想……其實一點也不會覺得寂寞。」

「什麼嘛！」

「只是……剛才……」

「嗯？」

「我覺得有一起來玩真是太好了。」

七尾也有說過，往後像這樣跟家人一起出遠門的機會只會愈來愈少，不會再增加了吧。能像這樣兄妹三人一起來玩，我覺得非常有意義。

「欸嘿～小光，我最喜歡你了！真的超喜歡！」

久留里的心情轉眼間就變好了。她緊接著就想朝我緊緊抱過來，但不知為何在前一刻止住腳步。

「怎、怎麼了？」

「嗯咕……」

「也不必這樣強忍下來吧……兄妹間偶爾來個表達親愛的擁抱也沒關係啊。」

「抱緊緊～」

抬起頭來的久留里一臉興奮地如此喊著，就緊緊抱了過來。

「咕哇！」

她的力道比預期的還更強勁，但她用一如往常的態度緊緊抱過來，讓我感到莫名放心。我們之間的距離感好不容易正常了一點，不過真要說起來，反而是我比較不適應這樣正常的距離感吧。

結束短暫的散步之後，回到七尾的外公外婆家時，聽見蟬開始鳴叫。

我在附有簷廊的大廳中，寬敞的餐桌上吃了白飯、味噌湯、醃漬小菜跟煎蛋捲這樣健康的早餐。

七尾兄妹好像都很不擅長早起，只見七尾頂著亂糟糟的頭，發呆地喝著味噌湯。美波則是勉強有整理一下頭髮，但還是一樣發呆地喝著味噌湯。原本以為這對兄妹除了容貌之外都不像，現在則是覺得在奇怪的地方也很相似。

「今天要做什麼呢？」

「她們好像要去海邊喔。」

「喔喔，之前說的……」

應該是指在來這裡之前，久留里說的那個「淒涼海灘」吧。

「用走的過去嗎？」

「啊，對。要走二十分鐘左右，還算是走得到。」

七尾一副睡眼惺忪的樣子咀嚼白飯之後對我說：

「會長，那你要做什麼？」

「咦？」

「呃，天氣這麼熱……我想說不去也沒差吧。」

「咦？你不想去海邊嗎？」

「夏天的海邊……那種地方應該只有想搭訕的嗨咖跟漁民會去吧。雖然那種冷清的海灘應該連那種人都沒有就是了。夏天的海灘……像我這種人去那種地方，隔天也只會因為曬傷討個皮肉痛而已。」

「咦～哥哥！你得幫我們拿陽傘，所以要來喔。」

負責拿重物的七尾大嘆了一口氣。

「那也太重了吧……」

「沒有那個我們說不定會中暑耶。」

「別擔心，七尾學長！小光會幫你一起拿。」

「…………嗯。」

結果所有人都要一起去海邊。

我想應該到處都一樣，不過夏天真的很熱。火辣辣地照射下來的陽光儘管與往年相比確實沒那麼曬，但光是走去海邊的路上就已經滿身大汗。

而且和平常在家裡的時候相比，鄉下典型的夏日風景讓人覺得強烈的日曬更是深深烙印在記憶之中。

走下一道長長的延綿緩坡，前方就是大海了。

眼前便是更勝傳聞的一片冷清海灘。

畢竟岩石裸露的地方很多，沙灘面積少得可憐。可以說是因為有沙灘，所以有一小塊區域看起來像是海灘而已，應該是只有當地人才會知道的地方吧。

由於這裡也沒有可以換衣服的地方，因此大家都是先在家裡將泳裝穿在衣服底下。

我跟七尾一起將搬過來的陽傘架設在沙灘上。原來如此，有沒有這把陽傘真的差很多。這恐怕是他們兄妹倆從過去的經驗當中學到的必備物資吧。

走到靠近海邊的地方眺望時，久留里突然跳到我的面前。

「小光！我換成泳裝囉！好看嗎？」

如此說道的她轉了一圈。

「嗯……是泳裝呢。」

「感想呢？」

「我之前就看過一次了啊……」

應該說，那時到了最後已經變成讓久留里從我選的泳裝當中挑一件的感覺。所以這幾乎可以說是「我選的泳裝」。因此發自內心的感想：「是一套我選的既有常識又很正常的泳裝。還好有跟她一起去買，不然就糟了。」

美波穿的是有荷葉邊的灰色連身泳裝。其實我很希望久留里也能穿布料面積那麼多的款式，但總不能完全不顧及本人的意願。

久留里踮起腳，臉湊近我的耳邊小聲地問：「……可愛嗎？」

仔細一看，她抿緊雙唇，一臉緊張的表情看起來有點害羞地等著我的回答。

換作以前的我一定會立刻回答：「很可愛。」因為無論是久留里還是四葉，我的妹妹們都是宇宙第一可愛。從來沒有因為要回答這個問題而遲疑過。

但她像這樣莫名害羞地問，就讓我覺得很難回答。今天早上也出現過一樣的想法，總之只要她感到害羞，也會讓我覺得莫名緊張。

這或許是因為我莫名在這當中感受到和她之前常會向家人要求「可愛」感想的狀況，在種類上感覺有些不太一樣的害羞。

在我頓時語塞時，四葉從久留里背後探出頭來。她身上穿著印有熊貓插圖，很適合小朋友穿的那種泳裝。

「四葉呢？可愛嗎？」

剛才那種莫名的緊張感頓時消散了。

「嗯，超可愛。妳們兩個都是超惡魔級的可愛。」

我重重地點頭，並摸了摸四葉的頭。

四葉套上游泳圈，踏著不太穩的腳步朝眼前的海邊衝去。

「四葉，絕對不可以到太遠的水域喔！」

「……嗯。」

我有點擔心地看著她，但對於游泳也沒有太大自信的八歲女孩，只是在很靠近陸地的淺灘隨著海浪戲水。

久留里也立刻追上去，拉著四葉的泳圈玩了起來。

這時美波帶著滿臉笑容地對我問道：

「會長會游泳嗎？」

「會啊。」

美波四處張望了一下，並稍微湊近我的臉說：

「我哥哥不會游泳呢。」

留下這句話，美波就笑著去久留里那邊了。真是個莫名的告密。

我看向七尾，只見他在設置於隔了一點距離的陽傘底下，依然穿著薄長袖帽T，姿勢端正地抱膝坐著。原來如此，我懂了。

「七尾，你不會熱嗎？」

「……快熱死了。」

雖然底下鋪著塑膠墊，但從底下跑出來的沙子熱到感覺就會害人燙傷。

直到我跟七尾再也受不了的時候就到水深及腰的海域泡著，在海水裡泡涼了之後又回到沙灘旁邊坐著。怎麼想都不是來海邊的正確玩法。

我跟七尾感覺都不太適合海邊。畢竟本來就不是會大聲喧鬧玩樂的個性。

當我們坐著的時候，雙手捧著貝殼的四葉過來將她的戰利品放在塑膠墊附近，然後又回去繼續撿。

「真的很熱呢。」

「你討厭很熱的天氣嗎？」

「我只要一覺得熱……就會湧上怒火。」

「怒火？」

「對於那些在熱死人的海邊搭訕的傢伙、窩在涼爽的地方恩愛地約會的情侶們，以及一年到頭從早到晚都在開趴的那些嗨咖們的憎恨就會一點一點不斷湧上……」

「喔喔……湧上之後呢？」

「就化為旋律。」

「化、化為旋律……？」

不久後，七尾的外公開著一台小貨車現身。

他拿了三顆渾圓碩大的西瓜到海邊來並排放著。

我頓時瞪大雙眼。

「要劈西瓜嗎！」

妹妹們也湊了過來，看到西瓜的久留里對其他人說：

「啊，這小光很會。」

「會什麼？」

「劈西瓜！你們看著就對了。」

久留里這麼說完就拿一塊白布蓋住我的眼睛，並拿一根木棒交到我的手上。

「好了，小光，可以上囉～」

堅硬的木棒拿在手中感覺相當契合。

能感受到一股熱血在沸騰。

閉上遮眼布底下的雙眼集中精神。

沙沙……颯颯。

能聽到海浪的聲音，還有風聲，頭上頂著一片看不到的湛藍晴空，我俯瞰著一切。

怦咚，怦咚。

能聽見自己靜靜地掀起波動的心跳聲。

總覺得甚至能聽見在場所有人的呼吸聲。

我讓敏銳的神經專注於西瓜的存在感，除此之外的東西全都漸漸自意識當中消去。

在一片黑暗之中，就只有我跟西瓜。

此時此刻，這個世界上只有應當被劈開的西瓜跟我而已。

——就是這裡！

「看我的啊啊啊啊啊啊啊啊啊啊啊——————！」

「砰咚」一聲，我體認到劈開某種東西的手感。

接著再一個，然後又一個，我砰咚砰咚地接連劈開。

「出現啦～！小光劈西瓜都是來真的！」

久留里發出歡呼聲，但我依然把注意力集中在西瓜上頭。

「混帳西瓜！最後一擊啦！嘩躂——！」

我繼續把西瓜痛扁一頓，一再給予致命傷。

「……咿！會長開始給西瓜致命一擊了……」

美波像在呢喃般這麼說。

「覺悟吧！」

就這樣，當我殺紅眼地把西瓜劈得碎裂的時候，身邊的人開始悠哉地聊了起來。

「總覺得好像目睹了什麼不能看到的場景一樣……」

「我回想起會長在我們家神社發飆時的事情呢……」

「小光在小五那年劈西瓜的時候也很驚人喔，西瓜的汁液噴得他好像渾身浴血一樣，現場有夠淒慘。」

「是、是喔……他是不是壓力很大啊？」

「……啊，真的耶。會長漸漸變得像是渾身浴血一樣了。」

「哎呀，小光……劈到太投入迷失自我了呢。再不阻止他，西瓜就要被劈到粉碎了。」

久留里一抽掉我的遮眼布，木棒隨之從手中滑落，我這才回過神來。眼前只見被劈到碎裂得慘不忍睹的西瓜，以及迅速伸出手拿起西瓜就啃食起來的四葉。

「會長……完全就像獵奇殺人犯一樣。」

久留里說著：「真的耶！」就咯咯笑了起來。

「小光真的很驚人耶！對了！大家一起來合照吧。」

很嗨的久留里登高一呼，所有人就來跟汗流浹背而且渾身都是西瓜紅色汁液的我合照。

幸好照片一拍起來，感覺就像一群觀光客圍繞在某種遊樂設施中假扮怪物的人旁邊合照那樣。還不至於太過慘烈。

在這片附近別說是餐廳，連攤販都沒有的海灘上，我們吃著七尾的外公拿來的西瓜與飯糰當作午餐。

吃完之後妹妹們這次玩起沙灘排球。玩累了就撿貝殼，體力恢復之後又去海邊玩水。

我跟七尾在沙灘鋪著的塑膠墊上有一句沒一句地聊著。

「怎麼有辦法像那樣在海邊怎麼玩都玩不膩……？」

看著無時無刻都情緒高昂地享受著海邊的妹妹們，七尾打從心底佩服地如此說道。

「我……夏天來到海邊五秒就會膩了。不但熱到不行還沒有什麼事情可以做……真的打從心底佩服可以在既危險而且全是又鹹又澀的水裡玩成那樣的人。」

「我大致上可以懂你的心情……」

女高中生那股無論何時都很亢奮的力量真的很令人佩服。

「久留里平常基本上都是那種感覺……七尾，真虧你妹妹能跟得上她的步調呢。」

「美波她……明明就是個本性陰沉，而且偏文組性質又超內向的人，但對陽光型的人抱持異樣強烈的憧憬。」

七尾的表情有些嘲諷地說道。

「這兩種類型的人不會有所交集……即使一起行動，也不代表自己就會變成積極外向的人……那傢伙總有一天也會察覺到這一點吧……可憐啊。」

七尾這麼說著的表情，就像因為經歷某種沉重的生平，而懷抱著無可避免的使命活下去的間諜一樣。

我和七尾覺得太熱而站起身，去海邊泡水。七尾在這個狀態下說：

「之前我想約鬼馬馬學姊去一間北歐風格的咖啡廳……」

「喔喔。」

——啊？說到北歐就是最道地的黑金屬吧！還有什麼其他的嗎？

「……她這樣回我……無論我解釋多少次她都有聽沒有懂。」

「……這樣啊。」

凡事都會轉變成金屬樂回應對方這樣不知變通的程度。

再加上沒有想要配合他人的低落社交性。

我完全不是喜歡金屬樂，但總覺得好像也不能置身事外。

我漸漸對於這位既不認識也不了解的鬼馬馬學姊抱持了親近的好感。

往後應該也沒能跟鬼馬馬學姊交朋友，甚至不知道有沒有機會和她講上話。還只知道透過七尾轉述的一部分的她。即使如此，還是會對一個人抱持好感，就算與自己無關也希望對方能夠幸福。

更重要的是，笨拙地專注於某件事情的人，真的十分耀眼。無論是鬼馬馬學姊，還是七尾亦然。

「七尾，加油。我很支持你喔。」

「……謝謝。」

＊　＊

那天吃過晚餐之後，我們就在庭院玩起煙火。

妹妹們在喧鬧歡笑的同時玩著會變色的煙火等等，我和七尾也在角落有一句沒一句地聊著，細細品味線香煙火的樂趣。

「不管煙火冒出多濃的煙，不但不會引發大騷動，也不會帶給鄰居困擾，好好喔……」

「也是呢。」

我跟七尾拿在手上的線香煙火的頭，幾乎同時應聲掉落。我們也默默地點起下一支線香煙火。

「小光～！你看你看！」

久留里在隔了遠一點的地方，甩著煙火跑了過來。

「太危險了！妳是國小男生嗎！不要拿著煙火甩來甩去！」

我連忙跑去阻止她。

「我跟大家都有保持距離，沒關係啦～」

「妳要是被火花噴到燙傷該怎麼辦！」

久留里先是愣了愣，隨後便揚起滿臉笑容。

「嘻嘻嘻，小光真是的，保護過頭啦～看來你可是超珍惜我耶。」

「廢話，要是受傷就糟了。」

像這樣一邊爭論著一邊回到大家身邊之後，美波不知為何緊握雙手看著我們。

「你們兄妹倆感情真的很好呢～」

雖然沒有真的說出口，但就是……若是可以真希望她別露出那種閃亮亮的眼神。

大家都玩完煙火之後，只見四葉打了一個大大的呵欠。

四葉平常就是個睡眠時間很長，很會睡的孩子。念國小之後也是放學一回到家就至少會睡個半小時的午覺，而且晚上通常是九點就寢。

今天大概玩得很開心吧，她不但沒睡午覺，到了晚上九點半還醒著，可說是異常狀態。

「四葉，妳還是早點去睡吧。」

「……不要，我還不想睡。」

「晚睡就會晚起，這樣會養成壞習慣喔。」

「我還想醒著繼續玩。」

剛才不知道去哪裡的七尾拿著吉他回來了。他坐在七尾外公親手做的木製椅子上撥動琴弦彈了一下。

「哦，你要彈嗎？」

「對。」

既然七尾都這樣說了，大家也紛紛就座準備欣賞。

原本待在大廳的七尾外婆也說著：「哎呀，太棒了，小優要唱歌嗎？」並開心地來到庭院前面坐下。

「這首歌的曲名是『暮黃時分的金屬假期』。」

雖然搞不太懂，應該是七尾傾注了對鬼馬馬學姊的心意所做的民謠吧。

七尾撥著琴弦彈了起來。

——妳抹上黑色胭脂的嘴唇～穿了骷髏唇環～當櫻花四散的春季過後～皮革外套的豹紋落下的暮黃時分～

當七尾一唱出結合了金屬樂及民謠的謎之歌曲，四葉轉瞬間就直接睡著了。

這首歌說不定蘊藏著某種魔力。於是我抱起四葉，在美波的帶路下讓她躺進被窩。

美波一邊整理四葉睡的床，一邊對我說：

「會長感覺是個很神奇的人呢。」

「怎麼說？」

「明明是擔任學生會長這般認真的優等生，還是跟像久留里那樣個性陽光的妹妹感情很

好……而且連我哥哥那種陰沉的人都能成為朋友……與人完全沒有隔閡的感覺太厲害了。」

其實我跟大多數的人都處得不太好。畢竟基本上也沒交到幾個朋友。

「不……只是因為願意跟我聊這麼多的七尾才算特例，也是個很好的人。那傢伙才真的是個一視同仁，度量很大的人。」

我這麼說完，美波愣了一下之後露出微笑。

「怎麼了嗎？」

「沒有……只是覺得自己雖然不像久留里那樣，也不是兄控……」

美波就這麼站起身，先朝著走廊走去並說道：

「即使如此，聽到哥哥被人稱讚，還是會有點開心呢……」

美波轉過頭來，開心地輕聲笑了笑。

看到那抹害羞的笑容，總覺得就連我都感到窩心。

回去之後七尾還在唱歌。久留里則是跟七尾的外公一起擺出辣妹姿勢拍照並笑成一團。

就只有七尾的外婆隨著節奏拍手，專注地聽著七尾唱歌。

七尾投入歌唱的世界之中，看起來絲毫不在意周遭的人有什麼舉動。

現在變成不同於剛才的另一首歌。

——這麼酷熱的夏日～妳卻猶如加了冰塊的咖啡一樣冰冷～

我跟七尾的外婆一起隨著節奏拍手聽他熱唱，並抬頭仰望繁星點點的夜空。

＊　＊

雖然時間不長，到了第三天的早上也莫名習慣了在這裡的生活，甚至喜歡上這個地方。

我跟昨天一樣，在不吵醒七尾的狀況下靜靜地離開房間。

稍微做完熱身操就開始跑步。大概是附近都沒有人住的關係，也沒必要順路撿垃圾。何況路上沒幾台車子經過這裡，所以盡情地跑了一圈。

回到住家前面時發現那裡有一道人影。

久留里就坐在簷廊上，兩隻腳晃來晃去。

「小光～辛苦了～」

「妳竟然連續兩天都這麼早起……到底是怎麼了？」

「大概是外出旅行很興奮吧。但晚上睡得很熟喔～」

接過久留里遞過來的毛巾擦了擦汗，也跟著在她身旁坐下。

「妳跟美波平常都在聊些什麼啊？」

「咦？沒什麼特別的。基本上都是隔天就會忘記的那種話題……美波這麼可愛，跟她聊天也很開心呢。」

「這樣啊。」

「那小光跟七尾學長都在聊些什麼呢？」

偶爾會有一句沒一句地聊起的是七尾的戀愛話題，但現在要是據實以告，好奇心旺盛的久留里想必會追根究柢問下去。即使對象是家人，也不能隨便把別人的戀愛話題拿出來說。

我輕咳一聲之後答道：

「比較多是關於興趣的話題吧。」

「哦～原來如此。聊音樂嗎？」

「對啊，他會告訴我很多那方面的事。」

我們隨口聊了一下，久留里就坐著慢慢靠過來，縮短我們之間的距離。

「嗯？」

當我感到費解並朝她看了一眼，久留里只是「嘿嘿」地笑了笑。

久留里似乎不太對勁。但那又無法明確說出是哪裡奇怪，只是一種模糊不清的感覺。

她的頭歪過來靠上我的肩膀。

我知道這跟平常一樣在撒嬌。

然而就是覺得坐立難安。有種難以言喻的不自然感。

這恐怕是久留里有所成長，而且我也在春天那時察覺到她的成長了吧。只從外表看來，久留里就是個與我同年級的女生年紀差不多的少女。即使如此直到鬧出離家騷動為止，她都精神飽滿得像猛獸一樣，而且一點也沒有誘人魅力，渾身散發出堅不可摧的妹妹感。可說是個硬派妹。

那種感覺不知道是以哪個地方為界，穩定下來之後就不再過度撒嬌，相對的開始散發類似性感的氛圍。她本來就是個只要不大吼大叫，與她擦肩而過的人都會不禁回頭再看一眼的那種美少女。而那樣的感覺開始明顯從孩子氣變得成熟了。思及此，又會莫名湧上緊張感。

不知道這是因為我得知彼此之間沒有血緣關係才會產生的感受，抑或單純只是久留里有所成長而已。雖然不知道，但這種感覺讓我有點坐立難安。真的難以做出應對。

久留里啊……拜託變回那個硬派妹吧……

即使在轉瞬間閃現這樣的想法，我還是重振念頭。不對，既然她都有所成長了，我就不能這樣想。我直到不久前才因為硬派妹的硬派攻擊傷透腦筋不是嗎？甚至還跟她一起洗澡，最後被看到胯下而害她昏過去吧。

光是回想起來就不禁大嘆一口氣。

「小光。」

「嗯？」

「那個……假設啊，我只是假設啦。」

「嗯。」

「如果我們完全是個陌生人，直到高中才認識，有可能會變成朋友嗎？」

她突然這麼問，害我的心跳漏了一拍。因為那正是我得知我們沒有血緣關係之後，偶爾會想的問題。

「我想……應該熟不起來吧。」

「但就算不是哥哥，我想我也會努力跟小光交朋友喔！」

「若是那樣…………………我也不知道耶。」

我試想了一下，如果有個不時會惹事的學妹格外親近我，說不定多少會照顧她一下吧。然而總覺得自己不會輕易對身為學妹的久留里敞開心胸。

不，照理來說沒幾個人會像久留里那樣毫無顧慮地一直找我講話。如果有，一開始可能會想保持距離，但過個半年、一年的時間說不定就會被攻陷了。

我喜歡久留里當然有個因為她是我妹妹這樣的大前提，即使排除這點，我不但憧憬她那樣天不怕地不怕的個性及絲毫不矯飾的純真，也能感受到魅力。

「唔嗯……說不定會成為朋友吧。」

「真的嗎？既然如此，那假設喔……假設……」

「嗯？」

久留里的嘴張張合合的，稍微降低了說話的語調想對我說些什麼。

「真的只是假設……如果我跟小光……沒有血……」

在久留里把話說完之前，背後的玻璃拉門伴著喀咚喀咚的聲音隨之開啟。

「姊姊……找到妳了。」

剛起床的四葉揉著眼睛。

「早安！四葉。」

四葉對此回應「早安」之後，說著「哥哥也在」便默默坐到我的腿上。

「四葉，這趟旅行如何？」

「……超開心。」

「那就太好了。」

「嗯……但是……」

「嗯？」

「開始有點……想媽媽了。」

「這樣啊。」

「明天就要回家了，我們今天盡情玩吧。」

「……嗯！」

出遠門的時候我作為兄妹間最年長的人，會覺得肩上扛著監護人的責任，如果不是跟妹妹們一起旅行或許就能體會到某種解放的感覺。但像這樣兄妹三人湊在一起，也確實有種溫暖及舒坦的感受。家人真是不可思議的存在。

我們這樣聊著時，穿著圍裙的美波現身了。

「啊～入鹿家的各位都在這裡啊。早安。」

美波比昨天起床時還更有精神。這時久留里站起身來。

「妳在準備早餐嗎？我來幫忙吧。」

「四葉也要幫忙。」

「會長，外公說要帶哥哥去採午餐時要吃的野菜，可以請你去叫他起床嗎？」

「好。」

吃過早餐後，大家都悠哉地休息了一下。

大概是昨天去海邊玩的疲勞還沒完全恢復，只見四葉躺在坐墊上就睡著了。

無所事事的七尾開始練習吉他。久留里跟美波永無止境般的聊著，我則是坐在簷廊看向外頭。

不久後吉他的琴聲停了下來，七尾來到我身邊。

「會長，你應該覺得很無聊吧？」

「不會啊，感覺滿新鮮的很不錯。」

就算一樣是悠哉地放空，在家想必不會產生這樣的心情吧。在旅行的地方悠哉地放空，感覺有點像是非日常的體驗。

我和七尾並肩坐在簷廊發呆時，久留里爬到我們之間把頭伸過來。

「咦？美波呢？」

「她好像說要去切西瓜，四葉也跟去了。」

「是喔。」

看來家裡有很多西瓜吧。當我想著這種事情時，久留里難得找七尾搭話道：

「七尾學長啊～放假的時候你都不會跟美波出去玩嗎？」

「……不會。」

「是喔～我們就會耶～」

比贏了完全沒什麼好比的事情讓她開心不已。

「話說我之前就很在意……入鹿學妹，妳究竟是喜歡美波哪個地方啊？」

「咦？她超超超級可愛的地方啊！」

「……是喔。」

「咦！美波很可愛耶。不只是內在，外表也是！」

聽了久留里的回答，七尾看起來感到相當困惑。

「……該怎麼說呢，因為她的五官全都跟我很像……所以總覺得她有點可憐。」

「是嗎？」

七尾接著對著我說：

「……說真的，我從來沒有覺得她的長相可愛耶。」

「學長，你很明顯失去客觀性了嘛。」

「呃，想也知道像到那種地步就沒辦法客觀看待吧……」

「這……確實很像呢。」

「但我覺得就是這樣耶。本來就無法客觀審視家人，也不用這樣看待。」

「是喔……話說七尾學長喜歡小光的哪個地方呢？」

「……既頑固又直接反而有趣的個性吧。」

他毫不保留地當面誇讚。這也讓我感到開心。

「嗯嗯，我懂～小光他啊～有時雖然頑固過頭，但到了那種地步反而很帥氣呢，小四的時候也是啊，小光和我替一位迷路的奶奶帶路，然後就帶到隔壁縣市去……」

在那之後，直到西瓜放在盤子上端來之前，久留里都不斷說著當時的回憶。

明明只是在這裡睡了幾天，就好像過著另一段截然不同的人生，覺得自己是在這裡生活的人一樣。

人比想像的還更能適應變化。人的感受及認知說不定其實只要一點小事就會產生改變。而且在沒有察覺自已改變的狀態下，不知不覺間就會變得完全不一樣了吧。

由於我們明天就要回去了，那天晚餐在庭院吃烤肉。

七尾外公的一位獵友會同好的老爺爺開著小貨車過來，大家用野豬肉吃了一頓ＢＢＱ。

七尾的外公是一位時髦的老爺爺，他朋友則是一位粗獷的老爺爺。留著大把鬍鬚，真要說起來感覺跟熊很像。是個如果與他對打，感覺一秒就會被解決的那種眼神銳利的老人。

久留里看著一大塊肉，不禁發出「哇啊」的感嘆。

「這、這些……這麼多肉可以全部吃完嗎？」

「當然了，儘量吃吧。還有很多喔。」

久留里緊緊握住美波的手，淚眼汪汪地對她說著：「謝謝妳約我來。」

熊老人說著：「吃吧。」就將烤好的肉放在所有人的盤子上。

「好好吃喔！有烤肉醬的味道～！」

久留里雖然說了相當沒禮貌的感想，還是一臉相當幸福的樣子一口接著一口吃肉，所以老爺爺們也都笑咪咪地看著她。

「人果然就是要吃肉……沒吃肉真的不行。力量都湧上來了。」

久留里毫無間斷地伸出筷子吃肉，咀嚼一番之後再嚥下去。澈底成了一個美少女外型的吃肉機器人。

我無意間發現一件事便說：

「久留里。」

只是叫了名字，久留里就露出「死定了」的表情，伸出筷子在烤好的一盤蔥當中夾了最小的一段。

「是是是。蔬菜對吧，我就知道小光會囉嗦，所以時不時就有吃啦～」

我見證了久留里用一大塊肉捲著蔥送進口中。

「蔬菜！我吃了！我有吃囉！接下來就吃肉！」

明明只是用肉捲一小段蔥而已，卻一副像是達成了辛苦目標一樣，又伸手夾了一塊肉。

我瞇細雙眼盯著，她卻盡可能不跟我對上眼，並接連用驚人的速度夾走肉。不過在別人家面前還是不要對她碎唸太多好了。

「小光～！我聽說了一件有趣的事！」

本來在跟吃完飯後喝起酒的爺爺們一起聊天的久留里，這時飛也似的跑過來。

「後山好像有一座祠堂耶！」

來到這裡的時候就立刻看到這個家後面有一座矮山。聽說只要走十分鐘左右就能攻頂，並不是一座太陡峭的山。而在那山頂有座古老祠堂。

「有嗎？」

我看向七尾這麼問，他便點頭回答：「有喔。」

「然後啊，聽說晚上去參拜就能實現願望耶！大家要不要一起去？」

久留里提出邀約，美波卻睜大眼睛搖了搖頭。

「我就不去了。」

「咦，美波，妳會怕嗎？話說妳有去過嗎？」

「我是有在白天去過……但我就算戴著眼鏡晚上也看不太清楚，何況那裡的樹根密密麻麻的，走起來很危險。之前就跌倒過。」

「對啊。那裡算幾乎稱不上是一座山的小山丘，所以不至於太危險……不過還是白天去會比較好喔。」

七尾也認同地點了點頭。

「咦，但我一定會去喔！」

就算沒有人要去，久留里也下定決心要去的樣子。總不能讓她自己一個人在這個時間上山。結果就變成我跟久留里兩個人一起去。

我們各拿著一個人家給的提燈，並在後山入口處噴好防蟲噴霧之後，朝著山頂前進。

由於這裡沒有路燈，眼前一片黑暗。亮光只有拿在手上的提燈。話雖如此，在相對寬敞的道路上鋪有木板路。這恐怕是七尾的外公自己整備的吧。

隔著一點距離走在前方的久留里突然悄聲地說：

「我問你喔，小光，之前你有事情瞞著我吧？」

「哪、哪有啊。」

「結果究竟是瞞著我什麼呢？」

「我沒有事情瞞著妳。」

「嗯……但很可疑啊。」

「一旦抱持懷疑不管看待任何事情都會覺得可疑……」

她不知為何突然把過去的事情翻出來講，我不禁有些動搖。

過了一陣子，久留里又開口說：

「那個啊……我們家的人……都不太像呢～」

「嗯？應該說有些相像的地方，也有些不像吧。妳看七尾兄妹也是，臉雖然長得很像，但個性完全不像……兩個人散發的氛圍要說像也沒那麼像吧。」

「啊，嗯——也是呢。」

我不太懂久留里想說什麼。儘管不懂，她採取了一些費解的行動。說穿了就是很可疑。關於這點，我獨自苦惱了好一陣子。

久留里有可能是發現了我們家的祕密，並在試探我的反應。

我覺得有些可疑，便決定試探她一下。

「久留里……難道發生了什麼事情嗎？」

「沒有啊，怎麼這麼問？」

雖然只是轉瞬之間，她的聲音有些高。這很可疑。

「妳有事情瞞著我吧？」

「沒、沒有啊。比起這個，小光從春天開始就突然說要保持距離，是有什麼原因嗎？」

「……妳，妳為什麼現在突然說這種話啊？升上高中之後，跟家人間建立起適當的距離感是再正當不過的事情吧？」

「嗯——」

久留里拿著提燈朝我湊近過來，半眯著眼端詳我的臉。

她似乎是對我起疑了。

我確實有事情瞞著她，但我覺得現在的久留里才是抱持著某種祕密。我也拿起手中的提燈照亮久留里的臉。

妹妹的舉止可疑。

我們就這麼停下腳步互瞪了一陣子之後，沉默地繼續向前邁進，回過神來已經攻頂。

確實看到人家說的像是祠堂的地方，但比想像中還要小五百倍，我們一開始甚至以為這不是他們口中的祠堂。

「聽說這裡好像有御神體。」

「御神體？」

「根據七尾爺爺所說，好像是蛇骨的樣子……我也不太懂。」

儘管說著不太懂，久留里還是雙手拍了一下就合掌膜拜。看來無論祠堂再怎麼小，她還是不忘要許願。

我在一旁等她拜好，但直到被薄雲遮住的月亮露出來之前，久留里還持續在祈禱。

「好了！」

「妳拜真久啊……有這麼想要實現的願望嗎？」

「咦？嘿嘿。算是祈禱必勝……之類的吧？」

「妳是要在哪裡一決勝負啊？」

「我接下來有一生就這麼一次，絕對不能失敗的勝負啊！」

「雖然聽不太懂……我也拜一下好了。」

「小光要許什麼願望呢？」

「家庭安全。」

「也太不像年輕人的願望了吧……根本是老爺爺……」

後來我們也沒有其他事情可以做，便沿著前來的道路折返。

啪嚓。

腳底傳來踩斷枯枝的觸感。

＊久留里的告白

啪嚓。

一邊聽著枯枝在地面上被踩斷的聲音一邊思考。

究竟是哪一個呢？

我一直邊走邊想。

小光是不是知道我們沒有血緣關係呢？還是其實不知道？這趟旅途中我拐彎抹角地試探過幾次，但都得不出一個結論。

抱持祕密的生活，我快受不了了……

而且不僅如此，我已經想向前邁進。

我跟小光沒有血緣關係。想對小光說我知道這件事情。如果他還不曉得，那麼更希望他知道。

然後想讓小光將我視為一個女生看待，而不是妹妹。

那一天，我在市公所的長椅上容許自己的心情漸漸從茫然的概念變成明顯的樣貌。

不希望因為告訴他這件事而傷害到他。但我再也受不了繼續藏著這個祕密。

想釐清小光知不知道這件事情，也想把整個狀況講開。

究竟要怎麼問，才能在小光不知情的狀況下還不會傷害到他呢？

四下一片黑暗之中，我默默地走著，就在不經意仰望頭上的月亮時靈光一閃。

對了。

只要這樣講就好了。

發現解方之後，我毫不遲疑地說出口：

「小光。」

我停下腳步這麼一叫，在前方不遠處走著的小光也跟著佇足。

「怎麼了？」

颯颯。風吹過樹葉搖晃的聲音，穿透我跟小光之間。

像要撕裂這一片黑暗似的，我的聲音在夜晚中響起。

「我前陣子——申請了戶籍謄本。」

說出口之後，我屏息看著小光。

看著小光睜大雙眼的表情。

只是這個表情，就足以道盡一切。

「……這樣啊。」

我跟小光在路中間停下腳步，沉默了好一陣子。

「小光，你也知道對吧？」

「嗯。」

「什麼時候知道的？」

「妳入學典禮那一晚。」

「喔……」

小光的態度會有所改變，原來就是受到這件事的影響啊。雖然不知道他是想了哪些事情才會這麼做，但一得知沒有血緣關係就拉開彼此的距離，我還是覺得有點寂寞。

看著消沉的我，小光走了幾步折回來，把手搭上我的肩膀。

「我得知那件事的時候，說真的大受打擊。」

「……嗯。」

我都嚇了一大跳，小光受到的衝擊更是不可估量。

「但是，沒什麼好在意的。別擔心。我們就算沒有血緣關係還是兄妹，還是無可替代的家人。」

「嗯。」

「之前只是不曉得這件事而已，實際上依然也沒有血緣關係。所以一切都不會改變。」

「…………嗯？」

「怎麼了？」

「咦？什麼都不會改變嗎？」

「對，我可以斷言什麼都不會改變。」

小光是在安慰我吧。他的表情跟聲音都很明顯在替我打起精神，大概是在用積極激勵我的心情這麼說的。我聽得出來。

然而無法接受。我為什麼會對這樣的反應感到不滿呢？

沒有血緣關係，就代表是能被容許戀愛及結婚的對象。小光難道就完全沒把這方面的變化放在心上嗎？

然而諷刺的是因為小光這樣的態度，讓我產生更明確的自覺。

我喜歡小光。

站在我這樣的立場看來，小光的慰藉跟激勵都讓我覺得劃分出了很清楚的界線。我想告訴小光自己追求的是什麼，但我確實懂了。

才不會什麼都沒有改變。

既然不是兄妹，就希望能用異性的眼光看待。想跟小光談戀愛。怒火般熊熊的鬥志自內心湧上。

我猛然看向小光的臉。

那雙沒有一絲陰霾地安慰家人的眼睛，疼愛妹妹的表情。

我已經不只把小光當哥哥看待了。

「那、那個啊！」

「……怎麼了？」

「……我被蚊子咬了。趕快回去吧。」

然而就在脫口的前一刻克制住自己。我不能立刻說出自己的心意。

這是基於本能上的直覺。

小光很珍惜家人，而且還是強烈到距離信仰的領域只有寸步之遙。

如果我現在向他告白，不難想像家人的關係就會崩壞。

最近才不像前陣子那樣避著我，要是一個失誤可能又會像之前那樣拉開無謂的距離。那讓我覺得相當煎熬。

不過既然得知彼此不是親兄妹，跟至今還是會有點不一樣。

因為沒有血緣關係，是不是妹妹也就只在一念之間。

只要小光看待我的眼神有所改變，我也能和其他女生站在同一條起跑線上。豈止如此，我們至今都一起生活，還有著強烈的羈絆，應該可以占上風才是。

「原以為是親妹妹」這樣的立場究竟會成為加分因素還是扣分關鍵，都端看今後自己的表現而定。應該要經過深思再採取行動吧。

接下來才是勝負關鍵。

我舔了舔下唇，懷著像是要踏上戰場的武將般勇猛的心情向前邁進。

第三章 演唱會、煙火與作業

從七尾兄妹的外公外婆家回來之後，久留里馬上就按照先前的計畫，前往務農的親戚家打工一星期左右。

久留里為了最喜歡的偶像，偶像團體「牡丹餅小町」的水谷桃乃而從事追星活動及阿宅活動。由於只靠零用錢還是不太夠，因此從去年開始的這份打工，對久留里來說是寶貴的追星資金來源。

去年還吵著要我也一起去。

今年久留里感覺也有些惋惜，但還是開朗又乾脆地出發去打工，看起來可靠多了。

「桃桃乃！我會去見妳喔！那我走了！」

久留里這麼激勵著自己就出發去打工了。

看久留里如此憑著自己的意志去追求喜歡的東西、能沉迷其中的東西，讓我覺得在這方面她已經是個成熟的大人。

即使每天像這樣過著一成不變的平凡生活，家人還是一點一點有所改變。我自己是否也能漸漸成長為一個成熟的大人呢？

少了平常就吵吵鬧鬧，會炒熱家中氣氛的久留里，家裡顯得稍微安靜了些。

全家人一起吃晚餐的時候，媽媽感慨地說：

「不知道小久有沒有好好努力呢……」

「她有聯絡我們啊。」

她有在家人的ＬＩＮＥ群組通知我們平安抵達了。

「但不覺得有點少嗎？」

媽媽看著爸爸的臉說：

「去年應該傳了更多訊息回來吧。」

不過現在就沒有捎來像是平常會傳的，吃了什麼東西之類的報告。

「嗯，久留里也已經是高中生……總不會像至今這樣凡事都那麼依賴家人了吧。」

「小光是在裝冷漠吧～如果覺得寂寞就老實說啊。」

「只是去打工一星期左右就在說什麼寂寞的才奇怪吧？」

「即使如此……久留里平常就很有活力的關係……一旦不在家還是會寂寞呢。」

四葉也附和著爸爸的話，頻頻點頭說：「很寂寞。」

聽他們這樣講，我也看向平常久留里坐的椅子。她只是去打工而已，但一如往常的餐桌上空出一個座位，還是讓人沒來由地感到悲傷。

「小光也覺得很寂寞吧。」

「……那倒不全然。」

我頓時回想起在夜晚的山上得知的事實。

在那個當下，我們得知彼此都知道家人之間血緣的祕密。之前吵架並和好之後總算擺脫小小的危機，度過一段平穩的生活，沒想到這時又出現新的危機。這個時間點久留里不在家確實讓我稍微鬆了一口氣。

說真的，我那個時候受到相當大的衝擊。

自己覺得不能被久留里知道的事實，她卻在不知不覺間得知了。這件事本身當然讓我嚇了一跳，不過更驚訝的是久留里的態度出乎意料的冷靜。

一想到我那時的反應，原本以為她要是知道了會立刻大吵大鬧或是張皇失措。然而久留里看起來也沒有我想的那麼消沉。

這讓我覺得有點寂寞。

久留里說是考慮到我不曉得這件事的可能性，所以才沒有直接說，因此是考量到我才會保持沉默，表現得一點也不感到消沉的原因應該也是顧慮我的心情吧。

但這樣一想，內心又漸漸湧上希望她不要這樣莫名顧慮，也不要獨自苦惱，可以立刻依靠我的念頭。因為我是哥哥啊。妹妹仰賴哥哥豈不是理所當然？為什麼會表現得那樣若無其事呢？

久留里是個表裡如一的傢伙，一旦像那樣被她顧慮，我就會覺得她好像到了一個很遠的地方。以前明明對她瞭若指掌，現在卻無法捉摸其想法，這讓我在那之後一直有點混亂。

在那樣的狀態下平安回家之後，久留里就立刻前往親戚家打工，所以我到現在還一直抱持著那種難以言喻的感受。

就算沒有這件事，旅行的記憶也是非日常。一回到日常生活中，很容易就會覺得像是久遠以前的記憶。

就連在那座山上聽到久留里說的話，感覺也已經像是久遠以前的夢境一般。

久留里的態度跟我的應對在回程時都一如往常。但不知為何，那時的感覺就像很久以前的事情一樣想不起來。也因為這樣，不禁思考接下來該怎麼與久留里相處才好。

雖然覺得什麼都不需要改變，但真的可以順利地度過跟以前一樣的生活嗎？

我自己就有因為得知這個事實而改變態度的前科。因此必須在不讓久留里感到悲傷，同時也保持她身為我重要家人的適當距離感，好好與她相處才行。

不只是四葉，爸媽也還不知道久留里已經得知這個祕密。

總是想太多是我的壞習慣，只要牽扯到家人，我擔心的事情就會無窮盡。

希望我們家一如往常的平穩日子盡可能長久地持續下去，但就連這樣小小的願望感覺都會因為一點小事而破滅。

然而許下家庭安全、家人平安這些願望的我，現在卻也沒能為此做些什麼。

到頭來，我還是過著每天去道場練習，幫忙做點家事，時而念點書，到了晚上就埋頭畫插圖的日子。除了久留里不在家之外，其他事情都和平常一樣。

沒錯，就算久留里不在身邊，我的生活還是沒有什麼改變。

一進到客廳時，發現那裡有雙脫下來扔著的襪子。

「久留里！脫下來的衣服要放進洗衣機……！」

我下意識地說到這裡，這才想起久留里並不在家。

媽媽這個真凶快步走過來，默默收走自己的襪子離開。

內心毫無道理地湧上無聊的感覺。

要說是空虛感或許也相去不遠。

「媽媽。」

「咦，還有襪子丟在客廳嗎？」

從洗衣機那邊回來的媽媽語氣慌張地這麼問。

「妳最近……看光光體位的……狀況怎麼樣？」

「看光光……？喔，工作上我有努力地讓角色看光光所以沒什麼問題……小光，你怎麼了？說起話來感覺變得很隨便耶……是不是有點在發呆？」

「沒有，我跟平常一樣……我也有……努力地……擺出體位……」

「是、是嗎～？小久不在家就讓你這麼寂寞嗎？」

「我怎麼可能覺得寂寞……只不過是一星期……不，還剩五天……頂多只是一百二十幾個小時而已。」

「真是的，你也不必隱瞞啊。小光，去年小久不在的時候，你的背影看起來也一直像是剛被裁員的上班族啊。而且今年她傳來的聯絡比較少，感覺很寂寞吧！也難怪你會一臉看起來像是傻愣的埴輪土偶呢！」

「並沒有……只是在想點事情……我要出門了。」

「你要去哪裡？」

「……還沒決定。」

「路、路上小心。」

「媽媽！這裡也有襪子！」

「好、好啦！好！」

我揹起後背包走出家門，同時在路上撿著垃圾。雖然來到車站前，但也沒有特別想去哪一間店。

街上四處都能看到趁著暑假期間嬉鬧玩樂的學生及笨蛋情侶們，大家看起來都很開心的樣子。這更是漸漸增長了我頹喪的心情。

不管哪個傢伙……竟然都一副很幸福的樣子……

轉瞬間，我發現那種負面的情感好像就要表現出來似的，連忙抑制下來。

剛才那究竟是怎樣的情感？人們過得很幸福又有哪裡不好了？我一直以來應該都是這樣想的吧。

回想起七尾在海邊說過的話。

「我只要一覺得熱……就會湧上怒火。對於那些在熱死人的海邊搭訕的傢伙、窩在涼爽的地方恩愛地約會的情侶們，以及一年到頭從早到晚都在開趴的那些嗨咖們的憎恨就會一點一點不斷湧上……」

說不定就跟那種狀況很相似。如此一來，原因是出自酷暑嗎？

然而我並沒有將針對夏天的酷暑化作旋律的才能。

像是要逃離酷暑似的搭上電車，回過神來就默默來到高中附近。

走在操場外圍就能聽到棒球社在練跑的聲音。

經過體育館旁邊也能聽見籃球社在打球的聲音。就像被他們生氣勃勃的活力吸引一般，我也跟著進入校內。完全沒有特別的事要做，但就順手讓學生會辦公室通風一下也好。

在教職員室借了鑰匙並走下樓梯時，一道熟悉的聲音叫住我。

「入鹿同學。」

回頭一看，只見渡瀨就在樓梯上方。

「喔喔，是渡瀨啊。」

「真沒想到你也在學校。」

渡瀨揚起淺淺的微笑，就在她小跑步要下樓梯的瞬間，步伐頓時踩空。

「哇……呀啊！」

渡瀨的身體轉瞬間騰上半空。

危險。

我連忙伸手想接住她。

然而伸出去的雙手剛好碰上渡瀨柔軟的胸部。

這是怎樣……平常也覺得滿大的，但好像比看起來的感覺……還要大……？是顯瘦嗎？她其實那樣的大小是顯瘦的狀態嗎！

與視覺情報之間的出入頓時讓我的腦子陷入混亂。

「呀啊啊！」

平安落地的渡瀨連續賞了我兩巴掌。那太過強勁的力道讓我的臉隨著巴掌向右接著向左撇去。

「啊……對、對不起！我不禁下意識就動手了。要不是你有伸手幫忙減緩衝勁，我就會直接臉部朝地跌下去了……謝謝你。」

「……不，我才該向妳道歉……照妳的身手來說應該可以做好承受衝擊的準備才是……我剛才應該要閃過去比較好。」

「入鹿同學眼看有人要跌倒時才不會避開呢。」

渡瀨笑著如此說道，於是我也淺淺笑了。

「妳沒受傷真是太好了。」

「真的很抱歉……是我害你摸到卻又打你……」

渡瀨有一陣子都是一臉愧疚地環著自己的胸部。即使想圓場我也不知道該說什麼才好，總之先閉上嘴巴。若是輕浮又社交力旺盛的男生，這種時候究竟都會怎麼說呢？「別擔心，觸感很好，謝謝妳」這樣嗎？不，絕對不行吧。要是說了這種話只會被投以冰冷的目光，並送上追加的巴掌而已。我猶豫到最後，還是決定結束這個話題。

「妳今天怎麼會來學校？」

「園藝社的社長說今天完全找不到人來學校，所以就拜託我來澆花。」

「喔，天氣這麼熱，要是一天沒澆水感覺花就會枯萎了。」

「就是說啊。不過你才是……怎麼會來呢？」

「……我只是沒事來晃晃，想說去讓學生會辦公室通通風。」

「哎呀，那我也一起去好了。」

我跟渡瀨一起走出校舍，前往位於別棟的學生會辦公室。

進去之後，我們將所有窗戶打開通風。

渡瀨不知何時拿起掃把開始打掃。我則是沾濕抹布，從渡瀨掃過的地方開始輕輕擦拭地板。彼此明明什麼都沒有事先說好，可說是默契絕佳的拍檔。渡瀨的這種地方讓我覺得與她共事起來很合拍。

「乾淨多了呢。」

「是啊，多虧有妳幫忙，謝謝。」

「你不用向我道謝啦。這裡是我也有在使用的地方啊……」

渡瀨話說至此，從口袋裡拿出手機一看。

「啊，我得走了。入鹿同學，你還要再待一下嗎？」

「嗯，我再把鑰匙拿去還。」

「謝謝，那就拜託你囉。」

渡瀨站起身並走出學生會辦公室之後，又再次轉過頭來。

「有見到你真是太好了。」

「嗯。」

見她面帶笑容地微微揮手，我也跟著揮手回應。

目送渡瀨離去的背影之後，我就去還了鑰匙。

接著也沒有多想就在校內晃了一圈，並走進剛好看到的一年二班的教室。

這裡是久留里的教室。一看到有課本的邊角從她座位的抽屜裡露出來，便想將書給塞回去。但不知道是卡到什麼東西，很難順利收進去。

然而我一拉，各式各樣的東西就從抽屜裡掉了出來。

課本、筆記本、傳單、一疊便條紙、軟橡皮、麵包的空袋子、塗鴉畫破的筆記本一角、壞掉的鉛筆、握住幫浦青蛙就會跳起來的玩具、沒有吃完的糖果袋。

甚至還有一整本暑假作業習題。

「這、這是怎樣！」

我把垃圾整理乾淨，並將久留里的作業跟學習上必須的東西收進自己的後背包，接著將剩下的東西擺整齊之後才離開教室。當事人明明不在現場，卻還是這麼要人照顧……

當我經過熱音社社辦前面時，傳來一道尖銳的聲音。

「……我都說了這麼多，你還是不願意改變心意嗎？」

「不好意思……唯有這點我真的辦不到。」

總覺得好像在講什麼危險的事情，於是從門縫間一探究竟，沒想到七尾跟鬼馬馬學姊就在裡面。

「我都說了一次就好耶！」

「但是，那個我真的……沒辦法。」

「拜託！除了你，我沒有其他傢伙可以指望了啦！」

鬼馬馬學姊用雙手緊緊握住七尾的手。他的雙眼明顯動搖，而且一張臉也漸漸地紅了起來，看起來好像還會冒出熱氣似的。

「唔咕……！竟然妳都……說到這個分上，那就只有一次。」

七尾這麼說完，鬼馬馬學姊立刻鬆開他的雙手，單腳踩上椅子擺出勝利姿勢。

「好耶——！那就一首歌喔！從現在開始你就是我的金屬樂團『暗黑斷頭台』的斷頭七尾啦！」

因為對方鬆手而恢復理智的七尾猛然睜大雙眼。

「咦！」

「真期待校慶啊！斷頭七尾！」

看樣子七尾將在今年的校慶作為金屬樂團的成員登台。只見他回過神來抱頭苦惱。

「為什麼要找我參加呢……」

「因為金屬樂很注重髮量啊……就這點來說你合格了。」

「除、除此之外呢……？」

「……就那點來說你合格了。」

加油啊，斷頭七尾。我在內心替他送上激勵，重重地點頭就離開了。

回到離自己家最近的車站之後，步上歸途。

「小光！」

一聽到這聲呼喊我猛然轉過頭去。

「小光，快來這邊！」

一位沒見過的漂亮女性正朝著一位同樣沒見過的男性招手。沒見過但似乎叫作小光的男子身材肥胖，只見他氣喘吁吁地喊著「等我～」並朝著女性追去。那兩人……究竟是怎樣的關係啊……

在那之後過了三天左右，我感慨地細細品味著沒有久留里的寧靜。

無論是脫下來就亂丟的襪子、吃得到處都是的盤子、喝完東西沒收的杯子都只有媽媽的份。爸爸跟四葉都很有規矩，因此我要收拾的東西也只剩下一半的量。

就像爸媽一開始說的，今年久留里聯絡家人的次數相當少。

不，已經不能說少了。仔細想想，自從她說抵達那邊之後就音訊全無。

去年幾乎每天都會傳她吃東西的照片到家人們的ＬＩＮＥ群組，除此之外每天還會最少打兩通電話給我。即使沒時間打電話，也會傳些渾身泥濘的照片，或是剛才吃的點心的照片等等，一天還會傳個四次以上。

這樣的變化會是受到在山上說了那件事的影響嗎？

還是說之前只是聯絡得太過頻繁，單純是她有所成長了而已？

明明只是分開幾天，對於久留里這個人的概念卻好像變得有些模糊不清。平常總是近在咫尺的存在，成了要去回想的存在。

我至今究竟都是怎麼跟久留里相處的？漸漸回想不起來了。

就在久留里要回來的前一天晚上。

準備要睡覺的前一刻，我的電話響了。一按下通話鍵，就傳來「呼咻～呼咻～」這樣悶悶的呼吸聲。

『……小光？是小光嗎？』

「既然打了我的手機當然是我接的吧。妳還好嗎？有發生什麼事嗎？」

『……唔咕！我很健康……平安……而且努力工作……所以打工的薪水……會多給我一點……！』

一聽到她的聲音，那種感覺一口氣就回來了。沒錯，久留里就是這樣的傢伙。重新找回的那種感覺比想像中還更令人懷念，也讓我很開心。

「這樣啊，那就好。」

『小光……』

「……怎樣？妳今年都沒打電話回來耶。」

『……我、我在忍耐啊！』

「……忍耐什麼啊？」

『嗚嗚，就是…………啊～！怎樣都好啦，拜託讓我多聽一點……你的聲音！小光成分消耗殆盡我都快乾涸了！』

「…………」

她似乎不像想像中一樣有所成長。但從莫名其妙地忍耐看來，說不定還是因為沒有血緣關係的事情而有所顧慮……不，應該是我想太多了吧。

『啊啊！小光！不要沉默下來，拜託你總之一直發出聲音吧！』

「咦！」

『有夠短！不是這種感嘆詞，拜託講個長篇大論！』

「就算妳這樣說……」

與久留里相比，我比較不會長舌地說出沒什麼意義的話。而且平常也不會跟朋友聊些無關緊要的話題。不如說幾乎沒什麼朋友。她這樣要求，反而更讓我想不到該說什麼才好。

「……抱歉，我完全不知道要說些什麼。」

『課文也好！就算唸課文也沒關係！』

「《枕草子》可以嗎？」

無奈之下我將手機抵在耳邊，並拉開抽屜。古文課本就放在最上面。

『什麼都好！快點！不然手機快沒電了。』

「呃，打電話過來之前先充電啊。」

『別說教了快點唸《枕草子》啦！沒聽《枕草子》我就睡不著！』

剛才明明就說無論什麼內容都行總之說話就好……不知為何現在狂推起《枕草子》。

「呃……春，曙為最。逐漸……」

我拿起課本，隔著電話朗讀《枕草子》給她聽。

久留里默默地聽著，當我唸完時，隔著電話聽見她在吸鼻涕的聲音。

『謝……謝謝、謝謝你……小光……平添傷感……尤饒風情……』

她的手機大概是就此沒電了，留下這句莫名的話就結束了這通電話。

只是跟妹妹講個電話，不知為何讓我有種好像詠唱咒語淨化惡靈一樣的心境。

久留里在那之後就像拋開束縛一樣，隔天早上接連傳了好幾則ＬＩＮＥ過來。

像是「現在要回去了」、「剛搭上電車」這些都還好。她還會傳「我去了廁所」、「吃完早餐了」之類的報告，就連中途每經過一個車站就會傳站名過來。

今天爸爸要上班，媽媽則是有事外出。四葉也去朋友家玩。大家應該都會在傍晚左右回來，但現在家裡只有我一個人。

打開客廳的窗戶朝庭院看去，外頭是個蟬聲唧唧的夏天。幾乎是雜音的蟬鳴響徹四下。

拿起手機一看，就發現一則「我是久留里，在離你家最近的車站附近」的訊息。

我將手機放在桌上，去庭院拔了雜草。

結束之後喝著麥茶又看了一下手機，就看到她連續傳了「我現在剛經過漢堡王」、「我在你家附近的便利商店」這樣的訊息。

愈來愈近了。

在安靜的家裡，手中的手機立刻又發出「叮咚」的音效。

「我是久留里，就在你家附近喔。」

看到這則訊息的時候，總覺得在隔了一點距離的地方傳來「喀嚓……」這樣悄悄開關門的聲音。

我就此專注地聽了一陣子，但蟬聲實在太吵，聽得不是很清楚。

應該是聽錯了吧……我這麼想著，就收回看向門扉那邊的視線，轉而望向窗外。

回過神來發現太陽似乎西沉了，家裡的光線突然暗下來。

太過響亮的蟬聲變成一團雜音，反而讓人覺得寂靜。

忽然間，我感覺到背後傳來有人踩踏地板的吱嘎聲並轉頭一看。

「我是久留里……就在你的背後……」

「嗚哇啊啊啊啊——————！」

「哥，一看到剛回到家的可愛妹妹就發出哀號也太失禮了吧！」

「如果不想要我發出哀號，就別演奇怪的戲啊！」

怨靈……不對，是久留里伸手就緊緊抱了過來。

「小光……！」

「咳呼！」

「我好想你喔喔喔喔喔！」

久留里氣喘吁吁的樣子，肌膚上還沁出汗水。天氣太熱應該也有影響，但她想必是一路趕回家的吧。只見她黏在我身上就開始滔滔不絕地說：

「我每天都是看著照片才能勉強維持理智，不過手機裡只有偷拍的照片真是後悔莫及。雖然也有錄影但是劈西瓜那時的影片所以感覺很獵奇，早知道就要你對著我的手機錄下『我最喜歡妳囉，久留里加油』的影片了，儘管每天都悔恨地這麼想但又需要錢……」

「妳有點曬黑了呢。」

即便隨便說她曬黑，其實久留里的體質很難曬黑，所以正確來說是肌膚上有些地方曬得紅紅的。

「嗚嗚，我是有很努力地擦防曬乳啦……但也是有限……然而這個世界就是不曬一下就沒辦法去見桃桃乃啊。」

「妳很努力了呢。」

如此說道的我摸了摸她的頭，久留里就「嗚喔！」地哭了起來。

「小光，從今天開始我們要再每天都黏在一起喔！無論是吃飯的時候嘔吐的時候，生病的時候還是健康的時候，不管你在做什麼，就算是洗澡的時候上廁所的時候刷牙的時候換衣服的時候重訓的時候喝麥茶的時候還是嘔吐的時候我全部全部都會看在眼裡喔！」

「不要動不動就要我吐。」

「一秒鐘都不想再離開你了。我要像雄性燈籠魚一樣跟你同化讓細胞都不分你我變成你就是我我就是你共度往後的人生即使到了輪迴的終焉也不分離……」

妹妹在分開幾天之後變成怨靈了。

「惡靈退散！急急如律令！」

我說完就立刻想要離開，沒想到怨靈纏住了我的腳。

「我不是怨靈好嗎～！是你可愛的妹妹啊啊啊！」

「妳給我冷靜一點！」

「朗讀《枕草子》給我聽啦啊啊啊！」

就在久留里攀住我的腳時，伴隨著開門聲，四葉進來了。

「姊姊……妳回來啦。」

「四、四葉～！我好想妳喔喔喔！」

久留里把四葉緊緊抱入懷中。

「妳還是一樣這麼可愛呢。為什麼會這麼可愛呢？是受到宇宙的神明大人寵愛嗎？全年無休地發揮『好可愛』真的好了不起！我不在家讓妳覺得很寂寞吧？對吧？」

「姊姊……妳太用力了……不過是一星期而已也太誇張。」

「素、素葉啊……！」

直到不久前還會默默抱回去的四葉，現在有點害羞地推開了姊姊。

比起久留里，四葉的成長看起來還比較顯著。

「小久！妳回來了嗎？今晚來開歸隊派對吧！」

玄關那邊傳來喀嚓喀嚓的聲音，手上拿著蛋糕盒的媽媽衝了進來。

「久留里在嗎？回家了嗎？人在哪裡？找到了！」

晚了一步回家的爸爸也是單手提著超大盒的烤全雞跑進來。

「爸爸、媽媽，我回來了！」

「小久～！我們好寂寞喔！」

「久留里，打工很辛苦吧？妳應該沒有受傷吧？」

「那是烤雞嗎？是烤雞吧。我想吃！」

看著完全無法從女兒身邊獨立的爸媽，我重新覺得不論大人還是小孩，能否從家人身邊獨立或許天生資質帶來的影響還比較大。

＊　＊

結束嚴苛的打工生活之後，久留里拿著偶像團體「牡丹餅小町」的演唱會門票，在我房間比出勝利手勢。

「終於就是明天了！拜託你陪我一起去吧！」

而且因為會場在比較遠的地方，我也會與她同行。

「嗯，太好了呢。今天早點睡吧。」

「我太期待見到桃桃乃了，睡不著……」

「總之妳不要在我的床上滾來滾去。」

「滾來滾去的運動做個上百次說不定就能累到睡著了……」

「趕快給我下來。」

「太過期待到下不了床～桃桃乃、桃桃乃～來，小光也一起喊！桃桃乃、桃桃乃～」

「……………」

「不一起喊我就不下床喔。」

「桃桃乃、桃桃乃……」

「很～好、很～好。再一次！」

回到家的久留里不只是跟平常一樣，大概是離開家裡那段期間造成的反作用影響，見她稍微重回硬派妹的感覺也讓我放心下來。

隔天，久留里自從走出家門的瞬間，就開始踏著輕快的小跳步。

「天啊，真是太棒了！總算可以見到桃桃乃了呢……！」

她注視著手機，感慨萬千地如此說道。螢幕上顯示「桃桃乃」的照片。

「不過我每天都會在照片跟影片當中看到她的臉，而且也都有在追蹤ＩＧ，所以桃桃乃過著怎樣的生活我基本上都有所把握就是了……只是遲遲無法去見她，桃桃乃說不定還很擔心我呢。」

「呃，喔。」

如果是男性粉絲這樣講就會是相當恐怖的發言，為什麼換作是女性，即使少了幾根螺絲也只會被說是「強火擔」呢？仔細想想，結論上來說應該是以在喜歡偶像的心意當中沒有參雜性欲為前提。如果有，就算是女性也一樣危險。男女是平等的。

一進到演唱會會場，久留里就揪緊我的袖子，渾身顫抖起來。

「唔喔喔喔喔喔。這種氣氛讓人熱血沸騰……！好久不見的桃桃乃……桃桃乃我來了喔……好想妳喔，我來見妳了喔～」

「太好了呢。」

「我就是為了這個才那麼不辭勞苦地工作啊……！」

演唱會對久留里來說是如夢一般的美好時光，但對我來說就不是這樣了。

我很擔心自己高大的身材妨礙到後方觀眾的視野，基本上在演唱會期間都是抱持著很過意不去的心情縮著身子。再加上並不是粉絲，因此這種愧疚的感覺格外強烈。

自從春天去看演唱會之後，就一直沒能參加活動的久留里在演唱會期間一直都是興奮地紅著臉，時而揮舞手燈，時而拍手，看起來相當神采奕奕。

看著一臉幸福又高興的久留里，我打從心底替她感到開心的同時，也很羨慕她有著能夠如此投入的事情。

演唱會結束之後，久留里感動至極地哭個不停。

「嗚嗚……真的超棒～小光，謝謝你陪我一起來……」

我默默地抽面紙給她。

「小光，你一點也不覺得感動嗎？」

「……可以這樣說吧。也沒發生過有人退團之類的事情……實在沒有會讓人那麼感動的要素……」

「桃桃乃為了演唱會拚了命所做的努力、稀世的那股光輝？還有新歌一播出來就全場沸騰的氣氛……整個會場的一體感……那種感受全都毫不客氣地襲來啊！該怎麼說呢，桃桃乃的存在讓我嘗到這種心情的滋味，所以內心會充滿對她的感謝……講到都快哭啦～」

「嗯——……如果我也找個主推，說不定就能更樂在其中了吧。」

「小光嗎！在小町裡？……誰是你喜歡的類型呢？」

久留里止住淚水立刻抬起頭來。

「類型啊……嗯——」

「牡丹餅小町」是個四人組偶像團體。由相當靈巧的優等生而且個性認真的凜凜、一頭短髮有著男孩子氣的小凱、比較沉穩雖然笨拙但很努力的桃桃乃，以及小惡魔類型展現性感風格的千美美所組成。畢竟是偶像，她們算是不同類型的人但都很可愛。雖然覺得要主推誰都沒關係，可是很難真的想特別支持哪一個人。

「不行不行！小光你不要主推特定一個人！如果要喜歡她們，除非是喜歡一整團否則我一概不認同！」

「為什麼啊……」

「一旦想像了小光主推哪個女生……就覺得有點討厭。」

她這是指像我這麼大隻又陰沉的男生，若要主推偶像會令人反感的意思嗎……又沒差……儘管心裡這樣想，但也能理解那樣的心情。

「不然就別說小町……主推某個男性好了。」

「咦……男偶像嗎？」

「偶像就算了吧……棒球選手之類、棋士之類，各個領域都有大明星吧。」

「嗯，但是……無論如何還是要先喜歡上那個領域才行吧。畢竟要支持主推是一種權利而非義務。」

「也是呢……」

「畢竟小光凡事都不會太過深入嘛。」

沒錯，妹妹很了解我。不知道是不是我自律的抑制力道太強了，很少沉迷於一件事情當中，也不會放飛自我。

抵達離我們家最近的車站時早已過了晚餐時間。由於事前就有跟爸媽說會來不及回家吃晚餐，我和久留里一起走進家庭餐廳。

久留里看著菜單碎唸：「肉、肉。」立刻就決定要吃沙朗牛排套餐。我則是點了天婦羅蓋飯。

她點完餐之後就看著手機喃喃：

「唉……我為什麼不是桃桃乃呢……」

「妳想變成像她那樣嗎？」

「我不是這個意思，只是太喜歡桃桃乃，而且又太過耀眼了，所以才想成為她…………」

咦？不對，不行。如果變成桃桃乃就不能這樣支持她了……天啊這正是二律背反……矛盾大對決……太痛苦了吧……」

久留里說著這種沒什麼意義的話，大嘆一口氣。

「我不像小光，真的很容易沉迷於一件事情當中，經常會想成為哪個東西，或是變成哪個人……」

「這倒是呢。」

幾年前大掃除的時候，就曾找出久留里應該是在托兒所寫下的七夕短箋，上頭大大寫著「想成為消防車」。在我有明確記憶時，她也說過想成為電視播的在戰鬥的美少女戰士「戀愛革命警察」，後來只要看到有點可愛的偶像就會立刻說想成為那個人。在這方面，我總是覺得就算不用成為他人，她也天生有著漂亮的容貌，所以怎麼想也想不通。

「但因為有小光在……我覺得還是當自己就好了。」

「嗯？」

「如果我不是入鹿久留里，小光就不是我哥哥了吧？雖然……實際上也沒有血緣關係就是了。」

「……嗯？」

即使是事實，但她講得太過自然又突然，害我嚇了一跳並看向久留里。

儘管只是轉瞬間，久留里帶著像是好戰的眼神看過來。

「對吧？我們之間沒有關係嘛，血緣上。」

她更用倒裝句強調這件事。

不過比起即使得知了，卻還是刻意沒有提及，像這樣自然地承認這點或許還比較像是久留里會有的反應。

相當動搖的我差點就要打翻裝水的玻璃杯，幸好有立刻扶好。沒事沒事。什麼事都沒有發生。

「妳先不要對四葉說喔。」

「咦？你說我們沒有血緣關係的事嗎？嗯嗯，我知道啦！」

一再提起這件事會讓我的心臟有點受不了，真希望她別再講了。

後來我們點的天婦羅蓋飯跟牛排都送上桌，久留里的表情也亮了起來。

「哇啊～是肉，好多肉肉！又嫩又好吃～！我最喜歡肉了。」

去看偶像，然後吃愛吃的東西，盡情做著自己喜歡的事情的久留里看起來相當耀眼。

如果我身邊沒有久留里這個妹妹會變成怎樣呢？儘管現在也稱不上開朗，說不定會變成一個更陰沉的人吧。

看著眼前拿刀切肉並大口吃起來的久留里，不久後也拿起筷子伸向自己的天婦羅蓋飯。

「話說小光啊，你是怎麼看待兒時玩伴之間的戀愛呢？」

「啊？妳突然問這個幹嘛？」

「漫畫之類的故事情節常會出現吧。雖然是『像兄弟姊妹一樣』一起長大，到了一定年紀時就會萌生愛意！」

「喔，是有這種劇情。」

「……對吧！而且你也不覺得那樣很奇怪吧？」

「嗯……不會啊。這樣的劇情怎麼了嗎？」

久留里張著嘴，半瞇眼瞪我，但最後還是重重嘆了一口氣。

原本以為她是要推薦哪一部特別喜歡的漫畫給我看……似乎並非如此。

「我說啊，小光……你對我來講是這世上獨一無二，而且非常特別又很重要的人喔。」

「怎麼了？妳對我來說也是啊……」

我這麼說完，久留里的嘴就開開合合地，臉頰還紅了起來。

「不是吧……那個，該怎麼說呢，我的意思跟小光的不一樣……」

「久留里，妳感覺有點奇怪……應該沒有喝酒吧？」

「我就在你面前一起點餐耶……除非是一定會隨身攜帶小酒瓶的酒精中毒者，否則都沒辦法喝吧！」

「……是沒錯，但很難保證妳不會做出那種出人意表的事。」

久留里再次重重地嘆了一口氣。

「算了啦。今天我心情很好，就放過你吧！」

如此說道的久留里繼續吃起她的牛排。

我一點也不覺得需要得到她的原諒，難道我有做錯什麼事嗎？

但無論如何還是放心了。在久留里回家之前，我抱持的那股不知該怎麼和久留里相處的那種輕微不安，在她回家的瞬間就煙消雲散了。我跟久留里之間有著長年作為兄妹一起生活的羈絆。不如說，得以共享彼此知道的事情也不會再有所隱瞞，反而讓我覺得很慶幸。

這都多虧了久留里表現得比我想像中還要冷靜，也表現得一如往常的關係。

我剛開始得知的時候，狀況可是糟糕多了。相較之下久留里說不定還比較成熟。我們之間跟以前一樣什麼都沒變，真是太好了。

當我吃完天婦羅蓋飯抬起頭時，發現久留里正緊緊瞪著我看。

「給我等著瞧……」

總覺得好像聽到了什麼危險的話，但我當作是自己的錯覺，並沒有放在心上。

＊　＊

隔天早上，我跟平常一樣晨跑回來之後，只見久留里就在客廳裡等待。

「小光，早啊！」

「……妳要出門嗎？」

夏天時久留里通常都穿T恤跟國中的運動服代替睡衣。沒有要出門時她還會這樣穿一整天。然而今天卻穿著帶有荷葉邊的背心配上短裙。而且總覺得她看起來還有化妝。短裙底下露出白皙的纖瘦大腿，怎麼看都像是要去約會的打扮。

「久留里，妳是要去哪裡？」

「嗯？」

「打扮成這樣……」

如果是要去跟男生見面，我就得堅決逼她換衣服才行。就算對方只是久留里的男同學，也只要想作是迎來發情期的猴子就好。不但兩秒就會想一次色情的事，在那期間的IQ應該只有二而已。應該要儘量避開會煽動那股情欲的打扮。

「這給妳……換這套去吧。」

「咦？什麼什麼？要送我衣服嗎？謝謝，我馬上去換～」

久留里換上我拿給她的衣服，滿身大汗地埋怨道：

「小光，你是從哪裡拿出這套滑雪裝的啊？你知道嗎？現在是夏天喔！」

「妳不喜歡嗎？不然就去換這套。」

於是久留里又換上我準備的野豬布偶裝。我心滿意足地點點頭。這樣就能包緊緊了。而且還是真實風格的造型所以不太可愛。只要對方沒有太過特殊的癖好應該很安全。

久留里把乖乖戴上的頭套部分整個拿下來。

「討厭啦——！我們家怎麼會有這種服裝啊！我為什麼非得穿成這樣啊……？而且你竟然要我穿這樣出門嗎……？」

「這都是為了培養健全的青少年……忍耐一下吧。所以妳究竟是要去哪裡跟誰見面？」

「哪裡都沒有要去！我只是想打扮一下而已！」

「打扮一下……？是、是喔……」

假日在家裡是為了什麼打扮……？不，女人心海底針。說不定就是會有突然想打扮一下的時候。這麼說來四葉也是每當買了新衣服給她，明明沒有特別要去哪裡，也會換上衣服站在鏡子前面派頭十足地擺起架子，並要我對此表達感想。應該是跟那種狀況一樣的心境吧。

當我坐在沙發上發呆時，久留里對我說：

「欸、欸，光雪！」

這次她突然換了一個稱呼叫我。

「……現在是要玩什麼遊戲？」

「我想說……偶爾換個稱呼，感覺可以增添新鮮感吧。」

「新鮮感……兄妹間需要這種東西嗎？」

「當然要吧！」

說到頭來她本來就不是用「哥哥」來稱呼我，所以也沒有覺得特別新鮮。

「我說啊，既然我們沒有血緣關係……」

「哇啊，妳不要在家裡隨便講出這件事！四葉如果剛好在就糟糕了。」

我這麼說完，只見久留里一副神情恍惚的樣子摀住自己的兩側臉頰。

「妳怎麼了？」

「……剛才那樣還不錯。」

「咦？」

「那種抱持祕密的感覺真的超棒！會小鹿亂撞！」

久留里伸手環抱住我的脖子，臉湊近到耳邊說：

「欸，光雪，我跟光雪沒有血緣……」

溫熱的氣息呼在耳畔讓我竄起一陣顫慄。

「鼻咬鬧喔！」

我大喊著推開她。

「你是在講哪一國話啊？」

久留里淺淺嘆了一口氣之後，微微壓下身子注視著我。

「嗯……？」

「小光。」

「嗯嗯？」

「你有沒有……覺醒的感覺？」

「神祕學嗎？為什麼看到妹妹的臉就會有什麼新的力量覺醒啊？」

久留里先是皺起眉間並雙手扠腰好一陣子，忽然又挺起身子。

「…………木頭人。」

拋下這句莫名其妙的話，久留里就穿著布偶裝有氣無力地朝著自己房間走去。

「久留里！脫下來的衣服要自己放進洗衣機！」

「哼……要放小光自己放……」

久留里腳步沉重地踏上樓梯，隨後就傳來「砰」地關上房門的聲音。看來她好像是真的沒有要外出的樣子。

儘管困惑，我還是把久留里換下來亂丟的衣服放進洗衣機。

這時無意間就看到四葉換好外出服走到玄關。

「妳要去哪裡嗎？」

我這麼一問，她就半瞇著眼朝我看來。

「…………不告訴你。」

「什……！妳到底要去哪裡？男生家嗎？不能只有一群小孩子就玩煙火喔！也別跟壞孩子們混在一起玩，五點前就要像風一樣趕快回家喔！」

「……就是因為哥哥會這麼囉嗦才不想告訴你。」

四葉吐出舌頭，逃也似的連忙走出玄關。

在日復一日的生活當中，還以為什麼都不會改變，但隨著年紀的成長，我覺得妹妹們都愈來愈難懂了……

＊　　＊

一成不變的日子悠悠哉哉地一天天過去，暑假所剩的天數也愈來愈少。

明明每天都很無聊也無所事事，卻還是會感到惋惜，也覺得有些悲傷。

當我在房間偷偷摸摸地畫著插圖時，拿著手機的久留里隨便敲了門就直接進來。我連忙將平板藏起來。

「小光，美波他們家的神社好像在辦夏日祭典，我們帶四葉一起去吧。」

「喔，好啊。」

「你在畫女生的插圖對吧。為什麼要藏起來呢？反正我都已經知道了啊。」

久留里一臉費解地詢問。

「沒、沒為什麼啦。已經要出門了嗎？」

「現在正在幫四葉穿浴衣，接下來就輪到我換衣服，都換好之後再來叫你喔。」

看來應該還要花上好一段時間。久留里離開之後，我又畫了一下插圖才把平板收起來並做好外出的準備。她們應該也差不多準備好了吧。

一走到客廳門前就傳來響亮的陣陣笑聲。

「已經換好了嗎？」

姑且問了之後，久留里就用開朗的聲音回應：

「換好囉。我們正在拍照。」

才想說她們怎麼換這麼久，原來是在拍照啊。我有點無奈地開門進去。

四葉穿著深藍色的浴衣，久留里則是穿著紅色浴衣，臉上浮現開心的笑容。

「欸嘿嘿。小光你看，可愛嗎？」

如此說道，並擺出微微歪頭姿勢的久留里，就客觀角度看來相當可愛。一對大眼襯上透亮白皙的肌膚，還有帶著光澤感的頭髮，整個人看起來就是完美的美少女。如果我們是不認識的陌生人，在路上擦肩而過時目光肯定會被她吸引過去。我茫然地這麼想著，但這終究只是客觀的觀點。

「小光？你怎麼在發呆？」

媽媽如此一講，我也回過神來。

「哥哥……四葉也換好了。」

四葉跟久留里一樣微微歪著頭比出勝利手勢。

我立刻這麼想：未免太可愛了吧，我的妹妹超級可愛，這個可愛的程度要打造出一座金山都不成問題超可愛。

「……妳們兩個穿起來都超好看，地獄業火般的可愛！」

沒錯，不用以客觀角度看待家人。沒這個必要。她們兩人都是我可愛的妹妹。

準備好之後，我們兄妹三人一起走出玄關。

由七尾的爸媽擔任住持的神社，到了傍晚時分，早已有攤位擺出來了。雖然大多都還正在準備，不過祭典本身似乎已經展開。

走過整排攤位並列的參道直到最裡面的神社辦公室，就能看到美波感覺很閒地在顧店。

不過她正拿著手機還不斷竊笑，似乎是在看漫畫打發時間的樣子。

「啊，久留里、會長，還有四葉妹妹！你們都來了啊。」

「七尾有來嗎？」

「他應該在某個地方吧……不過這次不像例大祭時那麼忙，他說不定逃走了。」

「逃走……」

「嗯，哥哥不是那麼喜歡祭典之類的活動嘛。」

我隱約覺得，舉凡街頭巷尾熱鬧歡騰的活動七尾大概都不喜歡。他有覺得那些全都很可恨的傾向。

「我也很想跟你們一起逛逛，可是現在只有我一個人顧店，所以走不開。」

「這樣啊～真可惜。」

「謝謝妳來找我打招呼，下次應該就是在學校見面了吧。」

「嗯，但我會找時間聯絡妳，改天再晚上聊吧～」

「好啊好啊！」

我們三兄妹一起到處逛逛攤位，並在角落找到一個地方休息，久留里吃烤香腸，四葉吃棉花糖，我則是吃章魚燒。

後來我們在參道一隅發現正在綁垃圾袋的七尾。他應該正在工作吧。一臉無聊的樣子。

「七尾。」

「啊，會長。」

「好一場祭典呢。」

七尾一臉厭惡地點了點頭。

「是啊……剛才就一直看到好幾對同年級的情侶恩愛地走來走去……還穿著有夠高調的浴衣……」

忿忿不平地說出這種話的七尾，看來果真不喜歡祭典。

「在自己家裡辦的活動中被人放閃的感覺又格外煎熬…………憤恨過頭感覺都要化作旋律了。」

「咦～可以看到很多對校內情侶來玩感覺就很嗨耶。我最喜歡『原來那個人在跟那個人交往！』之類的情報了！七尾學長有看到誰跟誰一起來嗎？」

「是有看到很多有見過的人啦……但我連自己班上同學的名字都只記得一半左右……該怎麼說呢……只會覺得想吐吧……」

「那麼那麼，有沒有那種不能看到，令人衝擊的情侶呢？」

「咦？什麼叫不能看到……？」

「就像是老師跟學生之類的啊……就算沒這麼誇張，但像是老師跟老師之類的，新聞社會感興趣的那種。」

「喔喔……我想應該是沒有吧……要是有看到，我應該會想詛咒對方吧……」

「咦～明明就會超嗨的耶。」

完全無法理解七尾憤恨心情的久留里，似乎是愛看熱鬧的精神比較強烈。

與七尾道別之後，我們又隨意在祭典中走馬看花。

四葉逛到一半在人群中發現朋友之後，在那邊聊了一下就回來跟我們說：

「我去跟朋友一起玩。」

這麼說完，就立刻到朋友那邊去了。她漸漸從家人身邊獨立。這讓我相當寂寞。

「四葉雖然話不多，朋友還滿多的耶。」

「對啊，看起來都是很有禮貌的乖孩子，真是太好了。」

幸好都是女生。如果朋友當中有那種感覺壞壞的男生，即使對方是國小三年級的孩子我也絕不輕饒。

「咦～是久留里耶！」

聽到這聲招呼，朝那個方向看去只見兩個像是和久留里同年的女學生在向她招手。

「哦～！妳們也來啦？」

「是妳朋友嗎？」

「嗯，我去跟她們聊聊。等我一下喔。」

久留里也去朋友那邊跟她們聊天。我遠遠地看著她們相談甚歡。

在這段期間打死了一隻瞄準我手臂的蚊子。

時間愈來愈晚。

久留里跟四葉相比，交友更是廣泛，而且各路人馬都有。這次來跟她打招呼的是感覺個性比較認真的女生。

久留里應該也想跟朋友一起玩吧。我看還是自己先回去比較好。

我拿起手機連絡了一聲要先回家之後就轉身離開。

四葉跟久留里都在外結交到朋友，也漸漸從家人身邊獨立。儘管會感到寂寞，但一天到晚都和家人黏在一起並不健全。像這樣伴隨著成長而拉開距離也是無可奈何。

看著其他帶著小孩全家人一起來，或是兄弟姊妹之間互搶面具的光景，我緩緩地走著。

在人潮中鑽著縫隙來到出口附近時，背後突然有一道衝擊撞上來。

「小光！」

不用回頭也知道是誰。久留里正環抱住我。

「……咦，久留里？」

「都叫你等我一下了，怎麼還想先走啦——！」

「我有傳訊息跟妳說啊。」

「我有看到，但不代表我答應啊！都跟小光一起來參加祭典了，怎麼還會和其他人一起行動啊！」

「……喔。」

如果是跟朋友一起來，也不會中途就跑去跟其他朋友一起玩。但實際上就像四葉那樣，我想說換作是和家人一起來，可能也會有這種狀況。

「等一下停車場那邊好像也會有一場小型煙火可以看。看完再回家吧。」

「嗯，也是呢。」

「要回去的時候也帶四葉一起走吧。」

「但她也要顧慮到朋友吧？」

「所以現在才讓她去跟朋友玩啊。如果到時候沒有人是跟她走同一個方向，她就得自己回家，而且既然是家人，一起回家才是理所當然。」

對四葉來說，家人跟外面世界之間切換比例的時期也漸漸到來。我因為身為家人而有所顧慮，久留里卻一點也不會難為情地斷言正因為是家人才理所當然。這樣的她讓我感到十分耀眼。

我跟久留里折返回神社境內，喝著中途買的彈珠汽水等待煙火施放。

「夏天跟暑假都要結束了呢……」

久留里笑著這麼說，然而下一秒就一臉驚愕地朝我看過來。

看到她那副回想起某件大事的表情，我心裡也有個底了。

「久留里……難不成……」

當我話說至此，傳來第一道煙火「咻咻」地升空的聲音。

「妳完全都還沒碰嗎？」

在雙眼無神遙望的久留里頭上，隨著「砰！」的一聲綻放出一大朵煙火。

「…………」

「暑假……作業。」

接著，第二道煙火也是在久留里頭上綻放開來。

她帶著害臊的目光由下往上看著我說：

「…………嗯，今年也要麻煩你了。」

* *

無論怎麼掙扎，再過明天一天暑假就要結束，久留里的作業卻完全寫不完。

每年一看到快哭出來的久留里衝進我房間時，總之都先說教再說，而這樣可恨的夏日風情，甚至可說是例行活動，今年也即將展開。

「哭著跑來苦苦哀求就算了。妳怎麼就不能至少在一星期前來哀求呢！」

「我、我就是忘記了嘛！澈底忘了！」

久留里要恢復關於作業的記憶，通常最早也是開學典禮前三天。最晚則是前一天。

「暑假剛開始的時候，在接下來就要迎接開心又快樂的暑假時，腦袋裡根本塞不進作業這種事……到了中期又會玩到忘我……後期又要拚命抓住漸漸離去的夏天尾巴……」

「……失去記憶的事情就別說了。」

「你為什麼不在我失去記憶之前……再更早讓我回想起來呢？」

「我在前期、中期還有要進入後期的時候，都不知道提醒過幾次了……是妳全都左耳進右耳出，完全沒在聽我說吧。」

「我沒聽到啊！完全沒聽到好嗎！你真的不是輕聲細語地提醒嗎？」

「根本沒必要輕聲細語，我有很明確地提醒妳耶……但只要一講到作業這個詞，妳就會雙眼無神好一陣子，回過神來的時候感覺已經忘記這回事了……」

「嗚哇啊～！那正是雷達抽掉那個單詞的瞬間嘛！」

看來她似乎有著某種無謂的雷達。

「小光，你的應該寫完了吧？」

「我從暑假第一天開始，扣掉去旅行那幾天，大概一星期左右就輕鬆完成了。」

「嗯嗯，太帥氣了！好棒！幫我！」

「……我當然是會幫妳啦。」

「感恩感恩。」

久留里把作業全部攤在餐桌上，我則是在她的對面坐下。

由於我們不同年級而無法照抄或許可說是萬幸。久留里說要先從試題本開始寫，便拿起自動鉛筆。

「前面幾頁比較簡單……總之先一題一題寫吧。」

她的筆尖流暢地寫下一道道試題。我則是緊緊監督著她。

「這樣盯妳寫作業……會想到以前的事情呢。」

「每年大概都是這種感覺吧，你是想到哪一年？」

「爸爸分配到現在這個部門之前，幾乎沒空回家那年。」

「喔喔，那一年啊……那大概是我國一的時候吧？」

那是在我國二，久留里念國一的暑假最後一天下午。

那年久留里也是前一晚才恢復記憶，通宵寫完試題本，那時一副虛脫的樣子在寫作文。

「小……小光……我可以放棄了嗎……？鼻血好像都快流出來了。」

「別放棄啊！還有時間吧！如果鼻血快要流出來那就事先用衛生紙塞住！」

久留里一臉快翻白眼的虛無表情，在搓著衛生紙的時候說道：

「就算叫我寫作文……我也想不到要寫什麼……想回頭重看一次文章也都看不進去……中途想再補充寫點東西就會發現之前也寫過好幾次一樣的內容……我已經愈來愈不知道自己在寫什麼了。」

「不要說那種好像連續審稿超過三次的輕小說作家會講的話！別放棄啊！就快寫足規定的字數了，再想點什麼吧！」

「我什麼都想不到了啦～寫不出日語了。」

「那看是要用英語、坦米爾語還是他加祿語都好……總之寫點什麼就對了！」

「更寫不出來啦。」

「加油啊！寫完我就煎肉給妳吃！」

有時雖然也會教她不懂的地方，但激勵寫到快哭出來的久留里，時而鼓舞她，總之想辦法讓她動手寫作業就是我每年的工作。

「我……我去沖個澡……」

久留里搖搖晃晃地站起身前往浴室。然而就這樣過了半小時左右她都沒有回來。糟了。當我這麼想並立刻到浴室察看時，那裡早就人去樓空。

「久、久留里……竟然逃跑了！」

我為了尋求協助，連忙來到媽媽的工作室。

「媽媽……久留里她……」

「啊呀，小光？什麼事……我好想睡覺喔……來不及了啦……我已經不知道自己在畫什麼了……」

結果她也跟久留里相去無幾。

「哇啊……！」

「媽媽，怎麼了？」

「我畫錯把雞雞畫到妹妹身上了……！這樣就變成雞雞看光光體位……」

「媽媽！拜託妳振作點！」

「啊啊～沒時間了啦……乾脆就這樣吧……只要把書名改成『哥哥，我長出來了』……這樣就不用重畫了吧……嘿嘿嘿嘿……嘿嘿……哈哈……」

不能指望媽媽了。應該說，現在還是讓她自己靜一靜比較好。我關上房門，外出尋找久留里。

我在住家附近奔波了十分鐘左右，就在旁邊的公園鞦韆上，看到意志消沉地舔著冰淇淋的久留里。

但不知為何，還有三個男生圍繞在她身邊。

總覺得在哪裡見過他們。大概是同一所國中的三年級學生，也是我的學長。

公立的國中不同於會按照學力區分的高中，各式各樣的學生都會聚集在同一所學校裡。除了念私立學校的人以外，將來要成為銀行行員的人、會變成不法之徒的人，以及會成為藝人的人，都只是因為住在同一個地區就會被塞進同一所學校就讀，這就是公立國中。

例如眼前這幾個男生，就散發出十年後至少會出現在紅燈區拉客的氛圍。

我氣喘吁吁地跑到她面前。

「久留里，妳在做什麼？」

「啊，小光……他們請我吃冰……」

「不要讓不認識的人請客。」

「也不算不認識啊。他們好像是我們國中的學長。」

「我們回去吧。」

「但是……我不想寫作業……」

有個男生像是要護著久留里一樣擋在我面前。這傢伙的臉蛋還滿漂亮的。擺出護著女生的動作也是有模有樣。甚至讓我頓時覺得好像自己才是反派。那個男的向久留里確認：

「這傢伙就是妳哥哥嗎？」

「嗯，二年級的……」

一得知是學弟，那幾個男生散發出的氛圍就一口氣放鬆下來。

「她剛才跟我們約好要一起去玩，你自己回去吧。」

儘管他說話的語氣就像個抱持正義感保護女生的男人一樣，但這可不行。我要是在此時此刻自己回家，久留里不只是交不出作業而已，說不定還會誤入歧途。

「久留里……」

大概是真的很不想寫作業，只見久留里直接撇過頭去。

「她要哥哥自己回家啦。」

其中一個男學生輕輕推了一下我的肩膀。

「啊，你在對小光做什麼！」

久留里立刻站起身來，怒氣沖沖地這麼說。

那個帥哥露出有些困惑的表情。

「妳不是要跟我們一起去玩嗎？」

「…………唔……嗯，那是……」

我默默地走向公園的出口處。

「呃，咦？小光……？」

「應該是要回去了吧？別管他啦。」

我來到相隔了一點距離的地方張開雙手，再次呼喚道：

「久留里！過來！」

久留里交互看著學長跟我過了幾秒，雖然渾身顫抖，還是直接朝著我的懷裡衝了過來。

——成功捕獲久留里。

我就這麼緊緊握住她的手，立刻離開公園。

「可惡……小光竟然利用只要張開雙手我就會不小心衝過去的習性……好不甘心……」

久留里好像碎唸著什麼，但還是一起回家了。

應該是衝出家門又吃冰淇淋讓她稍微發洩了一點壓力，後來就用相當順暢的速度把作業寫完了。

我感慨萬千地回想起當時的事情，對著緊盯今年暑假作業的久留里說：

「今年可別再逃跑囉。」

「我大致上看了一下，應該沒問題。」

「是嗎？」

「嗯，雖然寫到手很痠，但第一天要交的份大概可以輕鬆完成。」

如此說道的她輕快地動著自動鉛筆寫下去。

看起來感覺幾乎沒有遲疑，也維持著不錯的速度。

久留里完全沒有停手地不斷解題。

也是呢。與只顧著玩的國中時代不一樣，升上高中之後至少有認真上課的久留里，成績已經好了很多。就這點來說，與國一那時必須在毫無基礎的狀態下解開各種試題的情況有著決定性的差異。

久留里將滑下來的頭髮勾到耳後，接著又繼續動筆寫下去。

「欸～小光……關於結婚這件事，你是怎麼想？」

「我只覺得是很久以後的事情耶。」

「嗯……也是啦。」

後來久留里默默地用很快的速度寫完數學試題本，接著翻開英語的試題本。

「這句是『瑪莉跟隆史結婚了』……對吧？」

「嗯。」

「我們……也能結婚呢～」

「怎樣，妳是說上次爸媽鬧離婚時的事情嗎？」

「……咦？」

「那真的是……有夠蠢的吧。」

「嗯？」

「我們假扮的夫妻……那真的太勉強了呢。」

「咦？會嗎？但是啊，我們結婚的話……」

「結婚的話？」

「就能一直都是家人了呢！」

「……嗯，那感覺也滿開心的呢。」

她說這番話真是令人莞爾。

就連沒有血緣關係這種悲傷的事實也能說成玩笑話，久留里這樣開朗的個性對我來說真的是很大的救贖。

開學典禮那天，當我第一次得知家人間的祕密時，還有暑假得知久留里已經知道這個真相的時候。

這兩次都讓我焦急得不知所措，但無論如何，我們依然是感情很好的一對兄妹。我們兄妹之間什麼都不會改變。這讓我感到深刻的放心及幸福。

＊久留里的忍耐

太遲鈍。

哥哥真的是個超級木頭人……

既然與只差一歲的妹妹之間沒有血緣關係，一般來說應該會再更在意一點吧？

我明確說出自己知道我們沒有血緣關係的事情。接下來還為了改變他看待自己的眼光，只要一有機會就做出各種小心機的舉動。

既然不能只會展開攻勢，我就降低了今年打工時聯絡的次數。

也試著好好打扮了一下，讓他看看不同於平常的自己。

為了讓他注意到這一點，還試著換個方式稱呼他。

暗示我們是可以結婚的關係，不對，應該說我明明就講得很直白了……但該怎麼說呢，所有手段都像炊砂作飯。徒勞無功。那根本不是哥哥。我看是沙子吧。

再說了，既然沒有血緣關係，那豈不就跟兒時玩伴一樣了嗎？對我來說完全就是這樣。

不，或許還是不太一樣吧。

不管怎麼說，兒時玩伴都是從小開始感情很好的他人，儘管要好得跟兄弟姊妹一樣，終究過著不一樣的生活。但我和小光是打從懂事以來，都是以親兄妹的身分生活至今，因此還是有著決定性的差異。而且小光是個以常識為指標並活在道德標準上，那種最典型個性認真的人。再加上頑固的性格，在他的人生當中堅決不會採取偏離規範的行動及思維。

「妹妹不會是戀愛對象」。

這是常識。

自從懂事以來就立刻深植於心的認知，不會隨便就因為一件事情而推翻吧。

我很不會拐彎抹角地耍心機。

其實真的很想用更強烈的語氣，更明確又直接地告訴他。

即使如此，太過突然地把他逼得太緊，也很有可能反而讓他退避三舍。

沒人知道如果在太過認真的小光電腦裡強制安裝了妹妹對他的戀愛情感，會因為當機而引發怎樣的後果。說不定會認為這樣破壞了和平的家庭而選擇離家出走，或是莫名責怪自己然後跳崖，就算不至於這麼嚴重，說不定也會就此不跟我講話。

畢竟小光在一開始得知我們家的祕密時，就想跟我保持距離了。就這點來說，他對我懷有極大的戒心。所以才選擇一味地忍耐並拐彎抹角地示愛。我非常不適合做這種一步步靠近的舉動。這讓我累積很大的壓力。

也不是要小光立刻回應我的心意。只是想把自己的想法說出來而已。只是希望他能知道我喜歡他。無法兩情相悅也沒關係，只是希望他能知道並接受這份情感。

然而還是辦不到。

既然有可能會失去更重要的東西……我就忍耐到壓力的極限為止。

第四章 馬尾與全校廣播

暑假結束之後，進入第二學期。

僅僅一個半月沒見面，班上同學們感覺都稍微成熟了些。有人剪了頭髮，也有人曬黑，看起來的感覺也變得有點不太一樣。

在這當中，我看著在自己座位上坐下的七尾，總覺得鬆了一口氣。大概是暑假期間見過兩次的關係，感覺更熟悉了許多。

「七尾，你看起來心情很好呢。」

「對啊……從今天開始，為了校慶表演每天又都要去社團練習了。」

「嗯？你手上是不是寫著什麼？」

我這麼詢問，七尾感覺有些自豪地伸出手背給我看。

「這是鬼馬馬學姊今天早上不知為何寫在我手上的！」

他帶著滿臉笑容給我看的手背上，用極粗的簽字筆大大寫著「Go to hell!」。實在很難懂這究竟是令人莞爾的嬉鬧，還是表達厭惡的一種方式。但七尾似乎覺得很開心，而且鬼馬馬學姊應該也是個相當奇特的人，說不定這是她的一種親近友好的表現。

「唉，但是……今年啊……」

如此說道的七尾不禁遙望遠方。

「我得跟鬼馬馬學姊一起表演一首金屬樂曲，得為此好好練習才行。」

「你不想嗎？」

「一半覺得開心……又有一半感到憂鬱……因為我心心念念著民謠……當然不只是執著於過去的樂曲，我也隱約有發現要將那變成新的東西，也應該要做出屬於自己的新民謠風格才行……但即使如此……也不會是金屬樂吧……」

他愈講愈顯得有氣無力，也愈說愈小聲。

儘管跟鬼馬馬學姊共處的時間讓他很開心，然而要表演金屬樂似乎有反他身為民謠男的信念，這讓七尾露出複雜的表情。

「入鹿同學。」

一看過去只見渡瀨在隔了一點距離的地方對我輕輕招手，我便起身離開座位。

「怎麼了？有什麼事嗎？」

「沒什麼事啦，只是想說開學了，跟你打聲招呼……」

「喔，也是呢。第二學期也請多指教。」

「入鹿同學暑假過得怎麼樣？」

「沒什麼特別的吧……」

「還是老樣子呢……一看到你的臉……總覺得鬆了一口氣。」

如此說道的渡瀨揚起一抹微笑。

「我們……有在學校見過面呢。」

「是啊。」

「那陣子我正好覺得很累……是你讓我提振起精神。」

渡瀨對我露出眩目的笑容。

平常總是凜然又毫無破綻的她，私底下想必也累積了很多辛勞。

「妳別太勉強自己了……」

聽我這麼說，渡瀨先是愣了一愣，便露出爛漫的笑容說：

「謝謝。」

原來她是個會露出這種天真笑容的人啊。

跟以前相比，渡瀨明顯會對我露出柔和的表情。

這恐怕是因為渡瀨也跟我一樣是個警戒心很強的人，現在彼此都漸漸習慣這樣的朋友關係了吧。

老師進教室之後，班上的嘈雜聲降低了許多，大家也紛紛回到各自的座位。

暑假這段短暫的非日常已經結束，重新回到好像會無止盡地持續下去的高中生活日常。

暑假結束之後，久留里似乎也是狀態絕佳地享受著自由。

「會長，你妹妹……想在操場上烤肉……！」

「我馬上過去！」

我像個生剝鬼一樣呲牙裂嘴地衝去現場。

「咦～小光也來啦？哎呀～我們在美波的外婆家吃的ＢＢＱ實在太美味了，我就把肉丟進戶外活動社的營火裡……」

「久留里——！馬上給我把肉收起來！」

沒想到人生中竟然會有說出這種話的時候。

久留里一臉驚訝地回應：

「……收、收去哪裡？」

「不知道……但妳要烤肉好歹放學後再說吧？」

「比起放學後……人家就想當午餐吃嘛。所以才去拜託他們中午點起營火。」

「這樣啊……給我把肉收起來。」

「所以是要收去哪裡？肚子裡嗎？」

「那樣妳會燙傷吧！」

「啊，別擔心。我不是要放在衣服裡面，而是從嘴巴……啊姆……姆咕……攝取……」

久留里這麼講，就拿著筷子把肉夾進嘴裡。

「嗯嗯……好好吃。」

「不准吃！收起來！」

「所以我正在收了嘛！」

「不對！我不是那個意思！」

「小光，這個韭菜醬汁超神的喔。」

「妳不要再吃了！」

「我最近壓力太大，只能吃肉紓壓啊……」

「像妳這種自由自在的傢伙哪會堆積什麼壓力啊！」

「啊……你又說這種話，姆咕……我的壓力要是大到爆發，你是要怎麼負責啊！到時候傷腦筋的可是小光喔！」

「在妳壓力爆發之前我就已經夠傷腦筋！妳不要再吃了！」

＊　＊

高二下學期不但有校慶，還有畢業旅行。對於像我跟渡瀨這樣肩負各種職責的人來說，算是雜務眾多的繁忙時期。

渡瀨詩織正是在這時候來找我商量那件事。

「入鹿同學，我有事想商量一下。今天學生會不用開會，放學後你可以到社辦嗎？」

「嗯，好啊。」

於是我沒有多想就過去之後，只見渡瀨姿勢端正地跪坐在學生會辦公室裡。

「妳想找我商量的是關於班上的事、學生會的事、校慶的事還是畢業旅行的事？」

渡瀨跟我一樣，肩負職責的機會異常地高。每一項都相當繁雜，如果不事先確認好要講哪件事情，恐怕會陷入一陣混亂。

「呃，是……我有些私事想商量。」

「私事？」

「嗯。」

「……找我商量真的好嗎？」

我一直以為是要商量與學校公事相關的事情，因此感到困惑。

如果是跟活動或職責相關的就算了，我完全不是那種適合陪人商量私事的人。

「之前也說過吧？我沒什麼朋友，所以沒有其他可以商量的對象了。」

既然她都這樣講了也無法拒絕。我便在光線昏暗的學生會執行部的社辦裡，答應陪她商量事情。

「我啊……其實呢……」

渡瀨話說至此，先吸了一大口氣。

「有個喜歡的人。」

時間停下來了。

當然不是真的停下，但我跟渡瀨的動作就是停頓到不禁產生這樣的錯覺。

外頭傳來啾啾的鳥囀，我先閉上半開的嘴。

不，說不定是我聽錯，再確認一次好了。

「嗯……請妳再說一次。」

「所以說，我有個喜歡的人喔。」

我這次張大了嘴巴。竟然真的不是聽錯。

「你覺得我該怎麼辦呢？入鹿同學，換作是你，女生怎麼做才會讓你淪陷呢？」

竟是找我商量戀愛方面的事情。無論是渡瀨有這方面的煩惱，還是找我商量，感覺這一

切好像都找錯人了。

「…………………抱歉，但這真的是我極為不擅長的領域……」

「但、但你也是男生吧，我只是希望你能想像一下！我……我們是朋友吧？」

是沒錯，要是在此逃避為數不多的朋友難得找我商量的事情，只丟下一句「我不太懂」或許是有點不近人情。

我開始思考。但由於腦子裡的那個部分平常都沒有用到，因此就像一扇生鏽的門，什麼都想不到。再怎麼拍也只能說出「喔」、「這該如何是好呢」這種塵埃般毫無意義的感想。

「若是渡瀨……妳這麼漂……漂亮，應該直接告白就好了吧？」

「……總覺得對方對我沒什麼感覺。」

「竟然是這麼遲鈍的傢伙嗎……！」

渡瀨瞇細雙眼回答：「是啊……」

竟然有人正值三秒就會想到一次女生的青春期，卻沒察覺有女生對自己抱持好感……根本就是木頭人吧。但說不定是像我這樣從來沒幾個女生會當面對自己表達好感的傢伙，所以才會以為是與自己毫無關係的事情，也從未有所想像。

畢竟對象是渡瀨。

如果把一般人形容成神社前方的狛犬，渡瀨的存在感與力量大概就和金剛力士神像差不多。會讓人覺得她不可能喜歡自己，也更不會有這方面的想像。

「話說，對方是個怎樣的人……」

渡瀨看著我一度倒抽一口氣。張了嘴又閉上。她默默地垂首搖了搖頭。看樣子是不想連名字都說出來吧。

「沒關係，如果不想說就不要勉強。」

我這麼說完渡瀨還是愣了幾秒鐘，後來才淺淺嘆了一口氣。

「我啊……會很在意他人眼光而且太過謹慎，所以……會因為很多事情而猶豫不決……也想過與其經歷一次失敗，倒不如放棄好了。」

渡瀨喃喃地說到這裡，吸了一大口氣。

「但暑假過後……久違地看到那個人的臉……就覺得…………覺得還是想再努力。」

渡瀨低著頭說完之後，猛然抬起頭。她用強悍的目光瞪過來。我在那對眼神中感受到她是認真的，也為之動容。

直到剛才還是烏雲密布的天氣好像開始下雨，外頭傳來滴滴答答的細微雨聲。

仔細想想，不僅是在戀愛方面，我曾有為了想得到某個東西而像這樣找人商量過嗎？為了不讓成績落後而踏實地學習，為了讓自己看起來是個認真的人而扛下職責，一直以來都是一味地仿照世上認為「既認真又正經」的概念行動，然而那其實全都不是我真正的夢想與期望。只不過是為了逃避有所自覺的可怕本質而已。

忠實於自己欲望的久留里，以及追逐夢想的七尾，對我來說都是很耀眼的存在。原本以為跟我很像的渡瀨，也像這樣自主地想做點努力，並來仰賴身為朋友的我。既然如此，當然就沒有不陪她商量的選擇了。

「……我支持妳。」

「咦？」

「像妳這樣為了改變自己而努力的態度……真的太可敬了。我也想向妳看齊。」

「呃，嗯。」

「讓我協助妳吧。但現階段我的資訊量太不充足，可以請妳等我三天左右嗎？」

「……等什麼？」

「為了能陪妳商量，我要先學習一下。」

我這麼說完就走出學生會辦公室。

一開始雖然有點畏縮，但渡瀨的決心令我為之動容。

何況這還是朋友來找長年以來沒朋友的我商量的煩惱。當然要盡全力學習，並助她一臂之力才行。

為了陪渡瀨商量，我決定先收集情報。

但是身邊沒什麼朋友。唯一感覺可以問的七尾正在單戀中，如果有什麼好方法，他應該還比較想知道吧。

於是我姿勢端正地跪坐在爸爸的書房裡。

「……所以說，我想聽聽爸爸的戀愛經驗，還有在抱持好感時，人容易因為怎樣的舉動而動心！」

「光、光雪……通常不太會問家人這種事情吧……」

「說真的，我其實也一點都不想聽爸爸的戀愛話題！但我更不想聽媽媽的經歷！」

「唔唔……有夠老實啊。」

「為了幫助我的朋友，希望你能提供一點協助……！希望你可以將學生時代的戀愛經歷盡可能說得婉轉一點，時不時再參雜朋友之類的例子，然後排除那些太真實的話題！」

「……要求真多啊。」

爸爸苦笑道。

「光雪，你有喜歡過一個人嗎？當然了，我指的是戀愛情感。」

「………………沒有。」

爸爸用像在對一個年紀很小的孩子說話般的溫柔語氣問道：

「那你知道喜歡一個人是怎樣的心情嗎？」

喜歡一個人的……心情……

「……我、我知道。」

「……真的嗎？所謂的戀愛，跟家人之間或是朋友之間的那種親愛之情不一樣喔。那不是一種道理……」

「我知道……」

爸爸用一副像在面對一個沒血沒肉的機器人般的眼神看我。

「光雪，人在戀愛的時候肉體上也會產生變化，像是會感到停不下來的悸動，也會有悲切到心痛的情感喔。光雪，你真的明白……」

「我……我不知道！」

只能招了。而且感覺不管我說多少次自己知道，他也不會相信的樣子。

「就算不知道，我還是想給朋友一點建議啊！」

「嗯——但在那之前，你還是先想像一下何謂戀愛情感好了。」

「想像……？」

「是一種很簡單的情境模擬。」

爸爸豎起食指說：

「現在有A跟B兩個人。兩位都是女性。」

「嗯？嗯……」

「假設光雪跟A兩情相悅。」

「好。」

「在A很健康，但是B的左腳扭傷難以行走的狀態下，眼前是一道很陡的階梯。你會怎麼做？」

「……協助B上下樓。」

「嗯，目睹這個狀況的A生氣了。這時你該怎麼辦？」

「……不怎麼辦啊？」

「你不找個時間解開A的誤會嗎？」

「……我搞不懂A為什麼會誤會……」

爸爸露出有些悲傷的眼神看著我。

「不、不是，我會去找A，然後告訴她我的想法，設法讓她理解。」

「嗯嗯，很好。那麼，這時發現新的真相，其實B也喜歡你……！」

「感覺有點牽扯到人際關係了耶……爸爸，我是……」

「就在一波未平的時候B衝上屋頂企圖跳樓。你該怎麼辦？」

「總、總之先阻止她吧。阻止了之後再看她怎麼說。」

「B說如果不能跟你交往就要去死喔！而且這時A再度登場！A一副鬼神般的表情瞪著你看！好了，你該怎麼辦！」

「……就算你問我怎麼辦……那種絕望的情境是怎樣啊？難道爸爸遇過這種事嗎？」

說著說著就激動地舉起拳頭的爸爸，聽我這麼問就一本正經地回答：「怎麼可能遇過這種事。」

那剛才這段情境……究竟是為了什麼……

爸爸清了清嗓子說：

「總、總之，戀愛這種事基本上都是因人而異，沒有那種『只要這樣做就沒問題』的概論吧。有些人只要遇到對方積極追求就會暈船，但相對的，有些人反而會退避三舍。」

「我實在不太懂講完前面那個情境之後的『總之』是什麼意思……不過如此一來不就無法提供建議了……」

「不不不，沒有那種對任何人都有用的建議。我想說的是，應該有著適合對方的建議才是喔。」

「嗯——要這樣講或許也是理所當然啦。」

然後爸爸說著：「我去洗個澡。」就動作俐落地離開現場。

這時我總算發現爸爸是隨便應付過去之後就逃走了。

由於爸爸完全不可靠，我只好回房間上網到處找戀愛經驗談那種文章來看。然而那些內容也沒能帶來有幫助的參考。

然而在看遍各種事例之後，發現了一件事情。

也就是這世上無關男女，可以分成兩種人。

那就是受歡迎的人跟不受歡迎的人。

察覺這一點的瞬間，我便在腦中快筆為了渡瀨構思出攻略指南。

我跟渡瀨在放學後夕陽西曬的學生會辦公室內對峙。

「渡瀨，妳喜歡的對象是受歡迎的類型嗎？」

「嗯——……受歡迎嗎……？」

渡瀨緊盯著我的臉沉思。

「我不知道有沒有辦法判斷耶……如果是你，受歡迎嗎？」

「我……不受歡迎吧。」

「是嗎？不過偶爾……會聽說好像有女生崇拜你……」

「那種『聽說』的傳聞沒什麼根據。每次都這樣。一定會伴隨著『好像』、『似乎』、

『的樣子』這種模糊不清的詞，而且還從來沒聽說過對方叫什麼名字！如果真的有人是那樣看待我，拜託明確地告訴我好嗎！而且……」

「呃，嗯……」

「而且，就算我真的曾有一兩次在暗地裡受人歡迎……我的本質依然是標準不受歡迎的男生！」

即使偶爾會聽到別人說其實有人偷偷對我抱持好感，也從來沒被告白過。何況我平常幾乎不太跟女生講話。毫無疑慮是個一點都不受歡迎的男人。我可以抬頭挺胸地這樣回答。

「所以，如果是不受歡迎的男人心，我說不定可以給妳一定程度的建議。」

「告……告訴我這種事情……真的有意義嗎？」

渡瀨沙啞的聲音，聽起來甚至有點悲傷。

「就是有，我才會這麼說。我認為……如果對方是個受歡迎的男生，妳應該可以輕鬆讓他淪陷……但假如是不受歡迎的男生，難度說不定就會比較高。」

「咦？為什麼？難道不是相反嗎？」

我在學生會辦公室裡的白板上寫下一大串文字，並指著它說明：

「受歡迎的男生本來就有自信又很積極。而且基本上社交能力都很強，如果現在沒有特定交往對象，又出現一個亮眼的美女，很有可能乾脆地就答應交往。」

「這……這樣啊。」

「反之不受歡迎的男生戒心特別強，又沒有自信。會將渡瀨這樣既是優等生又毫無破綻的類型視為比自己高等的存在，覺得自己高攀不起，反而會下意識拉開距離。而且對方愈是認為妳高不可攀，就算主動釋出好感，也只會覺得『這只是她對大家都這麼親切』、『說不定是某種懲罰遊戲』、『千萬別被騙了』、『反正也不會被當一回事』之類，並不會率直地相信。所以才會淪為遲鈍的男人。」

「唔、嗯……」

「至於受歡迎的男生，反而在面對不會覺得是自己高攀，而且感覺觸手可及又破綻百出的女生時，只要人家對他微微一笑就會產生『我也可以上』之類的錯覺，結果就是常會引發悲劇。到這邊妳都懂嗎？」

「懂、懂了……」

「所以如果渡瀨喜歡的對象也是不受歡迎的人，就有可能符合這樣的狀況。」

「嗯——……這個意見感覺帶有滿強的偏見，總而言之，我想我喜歡的人恐怕就是那種類型的吧……」

「了解！那麼……首先是每天都要打招呼。妳只要把不受歡迎的男生當作住在地洞裡的野獸就好了。反覆跟他打招呼，給他留下自己不是恐怖的存在這樣的印象，並用閒話家常緩解他的緊張感，漸漸讓他下意識地認為這不是陷阱。總之第一步就是要跟對方建立閒聊也不奇怪的關係。」

「如果是這樣……這應該不是我自以為是的念頭，但我們的關係還算友好……所以在那之後我該怎麼做呢？」

「咦……？」

我只想到這一步而已。這次準備的是基礎內容。若想進而應用，就必須展開新的調查才行。畢竟我自己也沒有追過女生，所以無從得知通常會是怎樣的流程。努力回想久留里玩過的戀愛模擬遊戲，還有她借我看過的少女漫畫之類淡薄的記憶去思考。然而什麼點子都想不到。地洞……野獸……我反覆思考著自己說過的話。

「……替他做個便當如何？」

「做便當？」

「對……用餵餌之類的方式一點一點解開他的警戒心。等到關係親近得差不多之後，就約他下課一起回家。」

「雖然不知道是不是一般來說都這樣，不過既然是入鹿同學給的意見……我會好好參考的。」

結果隨便給了她一個陳腔濫調的建議……如果對方是不吃別人做的便當那種類型的人，

那我真的是搞砸了這一切。儘管我感到後悔，渡瀨還是一臉認真地點了點頭。

隔天的午休時間。渡瀨感覺很寶貝地抱著兩個裝著便當的午餐袋來到我的座位旁。

「我今天……做了便當。」

「這樣啊，那就給他……」

「但我有點沒自信……入鹿同學，你願意先吃看看再給我一點感想嗎？」

「……咦？喔。」

我們一起走進無人的教室，並打開便當。

渡瀨做的便當相當豐盛。雙層便當盒其中一個的半邊放著色彩繽紛的散壽司，另一半則是塞了滿滿的豆皮壽司。

另一個放配菜的便當盒裡則有一大塊方正的滷豬肉、照燒風味的金平牛蒡，還有形狀很漂亮的高湯煎蛋捲等等，光看就覺得很好吃。在容易看起來都是褐色菜餚的地方放上對半切的水煮蛋跟小番茄等點綴出各種色彩。

「這是……滷肉嗎……！」

「對啊。」

我只做過一次，但就算用壓力鍋燉煮，也要先氽燙過以去除腥味之類的，相當費工又費時。甚至發誓再也不做這道料理。而這竟然放在正式給心儀對象之前的練習便當之中，可說是超級大放送。

「我有用八角提味，但有一派說法是假如加入八角就不是日式正宗的口味……你覺得還可以嗎？」

「我不太懂那方面的差異……不過這非常好吃。」

「太好了。」

真沒想到平日就能吃到這麼豪華又美味的午餐。這便當根本可以開店賣了。

「真的好厲害啊……妳經常下廚嗎？」

「媽媽忙不過來的時候我會連弟弟妹妹的份一起做，但也不是每天。所以有點緊張。」

「好好吃……這個金平牛蒡特別好吃。」

「真的嗎？呵呵……我就覺得你可能會喜歡……啊，這個保溫瓶裡有豬肉味噌湯。」

「妳、妳說什麼！」

「你不喜歡嗎？」

「不，我最喜歡了。」

熱騰騰的豬肉味噌湯也非常好喝，我一下子就全部吃完了。渡瀨做的便當真的很美味。

在我喝著餐後茶的時候，渡瀨一絲不苟地將便當盒收進午餐袋裡說：

「那個……你有什麼必殺絕招嗎？」

「咦？招式嗎？說到格鬥技應該是妳比較懂吧？」

「不是那種絕招啦……！是讓喜歡的人心動的招式！」

「心……心動啊……」

「我自己也想了很多……要是即使如此對方還是完全感受不到我的心意時，希望有個像是護身符的招式能派上用場。有沒有……稍微豁出去一點的方法呢？」

聽她這麼說，我陷入沉思。女生會讓男生心動……豁出去的招式……例如……露出胸部。

不對，那會嚇一跳，跟心動不太一樣，而且做出那種事可能會變成衝動並害渡瀨遇上危險所以得排除這種做法。而且那也太沒常識了。我的腦袋似乎沒在正常運轉。

在我拚命思考時，掠過腦海中的是在暑假期間撞見七尾跟鬼馬馬學姊的那副光景。七尾明明那麼堅決不加入金屬樂團，在被握住手的瞬間卻立刻就答應了。

「……握住對方的手。」

「握手？這麼做不會讓對方嚇到逃跑嗎？」

不管怎麼說，渡瀨還是會參考我的建議，並順從地給出回答，這讓我感受到自己也肩負著責任。

「就算後來逃走，沒有哪一個男生被女生主動握住手還不會察覺到對方心意。這我可以肯定。」

「那我就把這招學起來吧。」

總覺得這是個當場才想到而且相當膚淺的回答，沒問題嗎？

「還有我想參考一下……入鹿同學，你喜歡女生怎樣的髮型呢？」

髮型？女生髮型的名稱我只知道光頭、短髮跟麻花辮而已喔！這種事情比起問我，直接去看雜誌應該比較好吧！

我硬是壓下內心的動搖拚命思考。男生喜歡的髮型……不希望她因為我輕慮淺謀的發言而去剪頭髮，而且應該有個在常識範圍內的安全牌回答才對。我澈底搜尋了腦內的每一處角落並開口說：

「馬尾！」

應該沒幾個男人會將馬尾視同蛇蠍般討厭吧。我成功給出了一個安全又無害的回答。

「謝謝！我會好好參考你的意見。」

「不、不客氣……」

話說回來……每當給出建議時，就會不禁思索我真的有派上用場嗎……

感覺就像沒有駕照的人只是看了書就在教人開車一樣危險。

那天晚上，睡前想喝杯水的我來到廚房並打開電燈。

「哇啊啊！」

一打開電燈，只見久留里正在餐桌上吃東西。

她全神貫注地吃著在調理包的牛丼上面還放了大量香腸的胖子宵夜。

「久留里……妳在做什麼？」

「唔咕……我壓力……太大……」

「這麼說來，妳是不是瘦了一點？」

「就是說啊……我食欲大爆發，吃得比平常多一倍卻變瘦了……」

「妳如果有什麼煩惱……」

「啊，沒關係。這是小光無能為力的事情……我會再忍耐一下。」

「這樣啊。隨時都可以來依賴我喔。」

就算不過度干涉，只要久留里忍耐到極限還是會來依賴我。在這方面我對她有著無謂的信賴。既然她自己都這樣說了，應該還沒問題吧。

隔天，我在學校的鞋櫃區看到正在換鞋子的渡瀨。正要去打招呼時發現一件事。

今天的渡瀨將一頭長髮在高處綁成一束。

如果我的認知沒有錯，那樣的髮型就叫馬尾。

「早安。」

「啊，入鹿同學，早安。」

如此說道的渡瀨有些害臊地稍微摸了一下自己的頭髮。

「那個，這是……」

「妳綁了馬尾呢。」

「是啊……我想說可以多試幾種髮型……你覺得怎麼樣？」

「……很好啊。我覺得非常適合。」

「太好了。」

這時我忽然冒出一個念頭。

渡瀨問了我喜歡怎樣的髮型，然後她就綁了我說喜歡的那種髮型。

原本以為她做的便當是要拿給喜歡的對象，卻拿給我吃了。

她將我給的那些建議……都對我實踐了……？

思及此，我猛力地朝著自己的臉打了下去。

「哇，入鹿同學，你怎麼了？」

「有蚊子。剛才聽到蚊子的聲音……！」

「還有蚊子啊……你的臉都紅起來了，真的沒事嗎？」

不，別想那種蠢事了。如果全是我自己會錯意，未免也太丟臉了。

如果……是我會錯意……

此時有個跟眼前的渡瀨不一樣的渡瀨浮現在腦海中。腦海中的她一臉厭惡又感覺退避三舍地說：

「我是把你當朋友才會找你商量……竟然產生這樣的誤會……這讓我很困擾。」

「唔咕！」

即使只是想像，自我意識的心臟還是真的緊緊揪了一下。

冷靜點。一般來說本來就不可能找自己喜歡的對象（目標）商量戀愛話題吧！她說是對自己做的便當沒自信才會拿練習用的給我吃，而且髮型也只是多方嘗試而已。並不是為了表現給我看才做這些努力。會這樣想也太自以為是了。

而且我本來就很不擅長解讀他人隱藏在話語背後的意義，也很不會深究並揣測細節。還是不要逕自誤會又深究太多比較好。對方對我說的話就是一切。

放學後，渡瀨來找我搭話。

「我想找你商量一下，要不要一起回家？」

「喔，好。」

放學約對方一起回家。這也是我給她的建議。

漸漸產生奇妙的心境。

如果只是想找我商量，利用下課時間也可以吧。也沒必要全都試著在我身上實踐。

而且從她那句「暑假過後看到那個人～」可以推測出對方很有可能是學校的人……再加上明明只有我這個朋友，卻說跟他關係還算友好。

難不成……她喜歡的對象……會不會真的有可能是「我」呢？

「呼咕！」

我使勁地朝自己的臉一拳揍下去，並順著那股力道往鞋櫃的邊角倒下。

「入、入鹿同學！」

「有……有蚊子。」

「是蚊子嗎？用拳頭打？」

重拾冷靜的我，站起身來跟渡瀨一起走出校門。

再次冷靜下來想想。照一般的倫理、道德、常識來看，用正確的客觀角度得出答案。

如果對象真的是我，會特地說自己還有其他喜歡的人嗎？

——不會。

唔嗯。應該不會說吧。要是產生這種誤會只會讓事情變得很麻煩吧。

但從渡瀨平時的個性看來，也讓我在這方面產生疑惑。渡瀨害怕失敗而且行事謹慎，自我意識也很強烈。本來就有著很麻煩的一面。所以好像也不是……不，那豈不就變成我展現出太自以為是的一面了。

冷靜地說著「沒這回事」表達否定的自己，以及太自以為是的自己互相對立，在腦海中不斷反覆著「不可能吧」跟「不過但是」陷入迷宮之中。

渡瀨即使偶爾會跟我一起行動，平常也是走在隔了一點距離的地方，今天卻特別近。這又更讓我苦惱不已。

不，愈是冷靜下來思考就愈不可能。她可是「那個」渡瀨耶。

這時渡瀨突然更拉近了彼此的距離。隨風飛揚的長髮飄散出洗髮精的香氣，輕柔地竄入鼻腔。

渡瀨就這麼在耳邊悄聲地說：

「讓我練習一下必殺絕招吧？」

渡瀨那道清澈的嗓音搔弄著耳邊，她的手輕輕伸過來握住了我的手。

「……唔！」

我的心臟劇烈地跳動了一下。

柔軟又比自己還要小巧光滑的手，感覺充滿顧慮地握住我的手。

這個瞬間的我，可不是用嚇一跳就能形容。腦內的塔台大聲響起緊急警報，原本捨棄掉好幾次的疑惑又再次從垃圾桶裡冒出來集結在一起，直擊我的自我意識。

「渡、渡瀨……」

「怎麼了？」

渡瀨朝我看過來。她的臉頰染上了一點緋紅……的樣子。

「我只是問一下而已，也不是真的這麼想……」

「什麼事呢？」

「渡瀨，妳喜歡的那個人……」

「嗯？」

「該不會是……唔……」

「咦？」

我說不出下一個音，整個人就僵住了。不知為何即使想繼續說下去，也發不出聲音。

大概是正打算說出太過超現實的事情，導致意識產生大幅乖離。

我的魂魄從嘴巴竄出，像是透過魚眼鏡頭俯瞰我跟渡瀨所在的道路一樣，整個空間都隨之扭曲。

腦內塔台裡的好幾面巨大螢幕上，都紛紛映照出如果對象不是我的時候，渡瀨露出輕蔑般的表情。

唔……………渡瀨……喜歡的……人………………該不會是…………………………

唔……………………唔……唔…………………………………………不可能是我！

腦內的自我機器人短路之後不但冒起白煙還發出「嘎嘎嘎嗶——」的聲音。

我想辦法讓徘徊到半空中的意識回到站在地面的自己身上。

「唔……我認識的人嗎？」

渡瀨陷入好一陣沉默之後，帶著泛紅的臉頰點了點頭。

搞不懂。

這種回答要怎麼解釋都可以。太難懂了。

＊　＊

「嗯——……」

我回家之後也一直在想這件事。

渡瀨希望我提供協助卻又不肯說出對方的名字，而且那些建議全都在我身上實踐。因此那個對象也不無可能其實就是我。

但這如果是我犯下的重大誤會，就會變成非常丟臉的狀況。

大概是在我往後的人生當中，只要半夜突然回想起來就會猛力拍打枕頭的程度。而且那在發作的時候想必會伴隨難以想像的痛苦吧。

不，不可能。對方可是那個渡瀨耶，千萬別產生那種念頭，到時候丟臉的可是自己。我不斷這麼自我暗示。

明明就想認真協助她，不過抱持這種無謂的懷疑反而讓我很分心。

晚餐時還恍神地將淋了醬汁的豆腐送進嘴裡，途中雖然有發現但並沒有放在心上，就這麼吃完飯回到自己房間。

重拾初衷，仔細想想她找我商量的事情好了。

一般來說，男生在一位美女怎樣的追求下會淪陷呢……

一位貌美、清廉又是巨乳的女性……

——不管怎麼做都會淪陷吧？

「嗯——…………哇啊！」

當我一邊沉吟一邊在床邊坐下時，久留里突然從我身邊只露出頭來。

「哇啊啊！有人頭！」

「是我啦！」

「妳為什麼會睡在我床上啊！」

「因為我剛才鑽進小光的床！」

「這算不上是回答！」

「我覺得這是最好的回答了耶～反正又不是趁著小光在睡覺的時候脫光光鑽進來的，沒必要那麼驚訝吧。」

「……妳是不是說了什麼很危險的話？」

聽我這麼說，久留里還是躺著但湊過來看著我。

「我要是脫光光鑽進來……小光會有危險嗎？」

「不是這個意思。我說的危險……是指那個情境太有病而已。」

「是嗎？我現在真的脫光光，你也覺得沒什麼大不了的嗎？」

「咦……？妳沒穿衣服嗎？」

「你覺得呢？」

我頓時覺得久留里確實有可能做出這種事。到底有沒有穿？她難道真的全裸嗎？不，應該有穿衣服吧。但是…………到底是怎樣……根本是薛丁格的妹妹。

當我感到困惑時，久留里就從棉被裡鑽了出來。只見她身上穿著用有氣無力的字體寫著「脫光光」的T恤，下半身則是國中的運動褲。

「我最近壓力大到快爆發了。這裡充滿小光的味道，很好睡呢～」

久留里這麼說著，就再次鑽回棉被裡面。那個動作讓人聯想到珍奇的生物。

突然發現在我身邊交友最為廣泛，又受歡迎的傢伙，不就正是這個妹妹嗎？

「……久留里，妳很受歡迎吧？」

「嗯？還行吧～是不至於不受歡迎啦。」

被窩裡傳來這樣悠哉的回答。

既然有辦法毫不掩飾地這麼說，應該真的滿受歡迎吧。

「我都沒問過也沒有想過……但妳有戀愛經驗嗎？」

久留里默默探出了頭。

「……………………也不是沒有。」

「……那、那什麼時候的事！對方是誰？根據妳的回答……」

我下意識讓指關節發出喀喀聲響。

「沒、沒有啦沒有啦，是以前的事了，非常久以前的一點像是二次元的事，啊，說不定是四次元。沒事沒事。我有小光這個哥哥就很開心了……短時間內應該不會交男朋友吧～」

「那就好……不管妳要跟誰交往，在那之前都要先跟我說。」

「為什麼？」

「對方說不定是個不正經的男人。既然是要跟我妹妹交往的對象，就必須謹慎審查。」

「……你、你的表情也太凶惡了。」

「這不是壞事。我只是……要排除壞蟲而已。」

「好危險……是說你會怎麼審查？怎樣的人你才看得上眼呢？」

「首先要誠實、成績優秀，而且有著強健的肉體……然後個性開朗並交友廣泛……」

「喔喔……嗯～一半的條件是沒問題啦。另一半可能就有點難了。」

回過神來就偏離了正題。我現在想問的不是這種事。

「久留里，那我換個話題，妳覺得怎樣的追求方式容易讓男生心動呢？」

「咦～就算你這樣問我……怎樣？小光要追男生嗎？」

「不是啦……」

「那為什麼要問我這種事呢？」

久留里費解地看過來。

於是我就像撇開視線一樣，背靠著床在地上坐下。

「咕呃！」

結果就被她從背後勒住脖子。

「久、久留里，殺人很不好。法律有明言禁止這種行徑。」

「我只是纏住你的脖子而已～小光，有什麼話就說嘛。受歡迎的我可以陪你商量喔。」

我死心地嘆了一口氣。

「其實……最近渡瀨找我商量戀愛話題。」

「咦？是喔……那對象不就是小光嗎？」

「怎、怎麼可能啊！若是那樣就不會來找我商量，而是直接告白了吧！對象是別人。」

「是喔～！那我也想支持她！她喜歡的對象是誰？」

「她沒告訴我。」

「……為什麼？如果沒說是誰，也無從協助吧？」

「我也不知道為什麼……應該是覺得害羞？」

久留里的表情頓時驟變。

「那我還是不支持她了。」

久留里突然鬧起脾氣來。

「妳有什麼建議嗎？」

「……我說真的，只要在臉上畫鬍子跳個肚皮舞，大多男生都會淪陷喔。」

「不要若無其事地撒謊。」

「……哼，我要睡了。」

「回妳自己的房間睡！」

「小光這個笨蛋！害我的壓力值提升到極限了啦！」

「不要因為一點事情就累積壓力好嗎，快去睡啦！」

＊　＊

隔天。

放學後，我跟渡瀨在走廊上面對面聊天。自從渡瀨找我商量之後過了兩星期左右。

「那個……那件事感覺怎麼樣了？」

「……感覺還滿困難的呢。」

渡瀨帶著嘆息說：

「話說……入鹿同學，你多少有點察覺到……我喜歡的對象是誰了嗎？」

「……完全沒有頭緒。啊，妳放心。我不會隨便介入他人的隱私。我很支持妳喔。」

渡瀨雙手抱胸並想了一下。

「嗯——……至少我明白了如果為了保身而什麼都不說，是無法傳達出去的呢。」

「是嗎？」

「看來，我還是跟你坦言喜歡的對象好了。」

「喔喔，也是呢。這樣比較好。」

的確，如果能知道是誰，絕對比較好提供協助。也能讓我那無謂的迷惘消散而去。

「我、我喜歡的人是……！」

要說出這種個人情報時通常都會儘量壓低音量，但渡瀨的音量反而提高了一個音階，這讓我有所提防。

「渡瀨，這種話講得小聲一點是不是比較好？畢竟不知道會有誰在哪裡偷聽到喔。」

「沒關係！要聽就聽！我、我喜歡的人就是——」

「不、不能說——！」

伴隨著這聲呼喊，久留里從附近的走廊轉角衝了出來。

「渡瀨學姊，等一下等一下等一下！」

「久留里，妳是從哪裡衝出來的啊！」

「也只能從走廊衝過來好嗎！」

「是沒錯啦……」

「妳果然出現了！兄控妹妹……久留里！」

渡瀨面對突然現身的久留里沒有一絲畏懼，立刻站到我面前。看起來就像是在保護我不受到惡漢的傷害。

「……我的確有稍微料想過事情可能會變成這樣……但我找入鹿同學商量戀愛話題這件事，沒道理受到妳的干涉吧？」

「他、他是我哥哥耶，在各方面干涉一下也沒差吧！」

「……沒錯，久留里，妳是入鹿同學的妹妹吧。即使是家人也沒資格對基於個人意志的交友關係說三道四。」

渡瀨果斷又明確地這麼說。

「退個百步來說，如果妳是班上喜歡入鹿同學的女同學就算了……但妳是妹妹吧？」

久留里在嚥下一口氣之後，渾身開始微微顫抖起來。那個動作就像遊戲中會出現帶有表情而且即將爆炸的炸彈一樣。總覺得事情相當不妙。

「久、久留里……？」

就在我朝著渡瀨前方踏出一步時，久留里猛然地抬起頭來放聲大喊：

「沒有血緣關係！」

「啊？」

「咦？」

「我跟小光……沒有血緣關係啦————————！」

在我跟渡瀨驚訝得目瞪口呆時，大爆發的久留里就這麼直接跑走不知道去了哪裡。

「入鹿同學……剛才她說的……」

「咦？嗯……咦？」

「那是真的嗎？」

「咦？啊，咦？」

這時設置在校內的喇叭先是傳出一道悶聲之後，便響起全校廣播的音樂。

『我是一年二班的入鹿久留里！在此有件事要向各位報告！』

既然都已經在用麥克風就不用喊得那麼大聲，她卻是拚命大吼著。當我不知道她到底要說什麼而有所提防時，聲音就響徹四下。

『入鹿久留里跟入鹿光雪沒有血緣關係！』

我睜大雙眼也張大了嘴。

只見眼前的渡瀨也露出相同的表情。

『再重複一次。入鹿光雪跟入鹿久留里其實沒有血緣關係！沒有血緣關係～！』

然後全校廣播就至此突然中斷。

我張著嘴過了好一陣子，思緒也完全停止。走廊的窗戶稍微開了一點，外頭的微風便自縫隙吹進來。啊啊，今天沒有什麼雲層，就連遠方的山都能看得很清楚。我只想著這種事。

「你們從小就知道這件事，然後隱瞞至今嗎？」

聽到渡瀨的聲音，我這才回過神來。

「不……是一直到最近才知道。」

「咦，是喔？什麼時候？」

「我是四月的時候……久留里則是暑假不久前吧……」

「這樣啊……真的是最近呢。」

渡瀨感覺稍微鬆了一口氣地這麼脫口而出。

當我們在講話時，久留里就氣喘吁吁地跑回來。她帶著滿臉笑容說：

「小光！你有聽到我的全校廣播嗎？你有聽清楚嗎？」

「怎麼可能沒聽到啊！」

「然後啊，我喜歡小光喔！最喜歡小光了！」

啊……………？

瞬間陷入混亂的腦袋試圖引導出她真正的意圖。

「嗯，我也是，我當然也喜…………呼噗！」

久留里脫下室內拖鞋，直接朝著我的頭打了下去。

「不對————！」

「怎樣啦！」

「不是那種喜歡！是異性之間的……！戀愛的那種！是戀愛！所以我不能放任渡瀨學姊為所欲為！」

「什……！」

「妳在說什麼啊！直到不久前妳都還以為你們是親兄妹活到現在吧！」

渡瀨比我早一步將我內心所想的事情講了出來。沒錯，自從得知這個事實也才過了兩個月左右，硬要說出戀愛之類的事情也太誇張。

但在傻眼的我跟渡瀨面前，久留里「嗯——」地像貓一樣伸展身體。

「啊————！痛快多了！」

「入鹿！入鹿久留里！在哪裡～！」

剛才聽到全校廣播的老師從走廊深處快步走過來。

久留里喊了一句：「死定了！」就宛如忍者一樣轉眼間不見蹤影。

「她剛才說戀愛情感……難不成……久留里從小就是那種感覺嗎？」

「不，沒這回事。」

這我能斷言。我們從小一起成長。能肯定久留里長年以來都是把我視為哥哥仰慕。這點事情我還是明白。

「什麼嘛。那再怎麼說都還是不可能吧……看樣子，她應該就是那麼看不慣我跟你當朋友吧。」

雖然有點混亂，多虧渡瀨還是跟平常一樣客觀又沉著，我也才有辦法冷靜下來。

「渡瀨……抱歉。剛才陪妳商量到一半就被打斷了。」

「那件事……我看短時間內還是算了。」

「咦！」

「就是……氣勢被打斷之後我也稍微冷靜了一點……仔細想想接下來還有校慶跟畢業旅行要忙……等到那些事情都告一段落之後，希望你還願意再陪我商量。」

「這樣啊。」

「不過入鹿同學給的建議全都很有參考價值，謝謝你。」

無法否認有種半途而廢的感覺，但既然渡瀨都說要先暫緩商量這件事情，就再也沒有我能做的事了。而且本來就覺得這責任對我來說有點沉重，所以也覺得有點鬆了口氣。

「渡瀨，妳個性認真又誠實，是個有常識又出色的人。加油吧。」

「……你才是這樣的人吧？」

「我……」

見我欲言又止的樣子，渡瀨朝我湊近接著說：

「我之前就這樣想了……入鹿同學是個會將所有該做的事情都確實完成的典型優等生，但都覺得做到這些事情是理所當然的樣子……不會因此得意洋洋就算了，你還很沒自信。」

渡瀨的話讓我嚇了一跳。

「是啊……因為我一直以來……都只是假裝自己是個典型的優等生而已……」

雖然下意識這麼脫口而出，但一說完我就發現自己說了不講也沒關係的事。想必是還在為了久留里的事感到混亂吧。

渡瀨想了一下便開口說：

「假設這十年來……」

「咦？」

「假設有個人在十年、二十年以來都假裝自己是個好人好了。即使如此，那個人依然不是個『好人』嗎？」

「……不是吧。」

「我不這麼認為。無論假裝還是天性……人所表現出來的部分就是一切喔。」

「………」

「反過來想是否就會比較好懂呢？裝成壞人做出壞事的好人，就稱不上是好人了吧。」

「畢竟當一個人要假裝是壞人時就很有問題。」

「所以說，當你要假裝是個典型的優等生時也夠正經了。」

「但真正正經的人才不會假裝……」

「真是的……！」

渡瀨突然拍了一下我的額頭又彈了一下。

我抬頭一看，只見渡瀨有些傻眼地嘆口氣笑了。

「你再更有自信一點啦。我認為你已經是個十分有常識又認真……而且很出色的人。」

「……謝謝妳。」

站姿凜然的渡瀨有時雖然不太可靠，但果然還是很穩重，也有自己的原則。

不禁心想……如果我有個姊姊，說不定就是這種感覺吧。

＊渡瀨詩織的情意

我第一次見到入鹿同學是在國一那年。

那時我是個獨自在教室角落默默看書的那種沉穩小孩。總是低著頭，甚至不會好好與人打招呼。

當時的他就跟現在一模一樣，平等且公平地看待所有人，對我來說是個無緣的存在。

某一天，我忘記帶自動鉛筆去學校。由於後來就在自己家裡找到，所以真的只是自己忘記帶而已，當時卻以為可能是班上的某個人把我的筆藏起來，心慌得不知所措。

那時的我也沒有受人霸凌，唯獨被害妄想特別強烈。明明很在意周遭其他人的臉色，自己卻不會主動做些討人喜歡的舉動，就是這樣的一個孩子。

入鹿同學當時坐在我前面的座位。他是在傳小考考卷的時候，發現我沒有帶自動鉛筆。他似乎比較喜歡用一般的鉛筆而不是自動鉛筆，而且手邊也只有一支，備用的好像都收在置物櫃裡。

入鹿同學當場就把自己的鉛筆折成兩半，並用削鉛筆器削出尖端之後拿給我。

平常確實有聽過把橡皮擦對半分給別人這種事，但鉛筆真的是出乎意料，有夠狂野。
那個當下他在使勁時發出「赫！」的聲音，還有鉛筆斷掉時的聲音著實令我難以忘懷。
他雖然也沒有特別記住那就是我，不過後來作為同班同學，還是時常關心我。
回過神來，他已經成為我憧憬的對象。
而且那樣的心意變成戀愛的情感，讓我開始覺得去學校很開心。
然而我在那所國中只念了一個學期，就因為父母離婚而搬家了。
即使在搬家之後，一旦發生令人難過的事，我總是會想起入鹿同學。
轉學到另一所國中而且交不到朋友的時候，回想起總是表現得堂堂正正的入鹿同學，也就能抬頭挺胸地做自己。
每當被別人閒言閒語時，原本我只會默默地低下頭去，但一回想起他，就會像是模仿那道身影一般抬起頭來。
像他一樣努力學習，提升自己的成績。
像他一樣只要看到有垃圾掉在地上就撿起來，並積極扛下職責。
如此一來，就讓我覺得好像愈來愈接近他。
當我想要有所改變並做些努力的時候，腦海中總是會想起過去聽見入鹿同學折斷鉛筆時那道清脆的聲音。

直到成為高中生時，與他重逢了。

入鹿同學似乎完全不記得國中時只跟他同班過一個學期的我。

在沒跟他見面的這段期間，我變得相當強悍，姓氏也改了。

但他沒有注意到是我反而是一件好事。也希望他不要記得那樣的我。希望他能看著嶄新的我。

入鹿同學改變了我畏縮不前，什麼都辦不到的人生。

不可能那麼輕易就澈底放棄。

入鹿同學。

我一直很想成為像你這樣的人。

第五章 家人、他人與滑梯

做了校內廣播的隔天早上，久留里因為要先去熱舞社晨練，趁著我沒注意的時候就趕緊上學去了。

由於昨天是在放學後才做出那個全校廣播，雖然也有很多人沒有當場聽到久留里廣播的那些話，但還留在學校的人似乎漸漸把這個話題給傳開了。

沒有血緣關係——這種事情並不是多麼罕見。然而久留里特地對著全校廣播這件事情，再加上她平常超乎常人的兄控舉動，讓臆測又引來更多臆測，演變成莫名其妙的故事在校內傳了開來。

久留里好像被叫去學生輔導室，好好地說教了一番。但她本人似乎聽到打呵欠，完全不當一回事。

教室裡跟平常一樣嘈雜。在這當中，總覺得時不時就有人看著我說悄悄話。也不知道是不是錯覺，偶爾就是會在對話中聽見入鹿兄妹怎樣，校內廣播什麼的關鍵字。

但是呢，我個人是這樣想的。

大家光是自己的事情就快應付不完了，只會想著自己而已。耳聞昨天久留里的行動跟我們兄妹之間的關係，即使一時覺得稀奇，但在內心深處應該一點都不在意才是。認為大家會因此吵嚷起來也太自以為是。所以現在感受到湊熱鬧般的視線全都是錯覺……應該啦。

「會長。」

我刻意不去思考。只要不去思考，隨著時間流逝，靜靜地等待事情平息下來就好。

「會長、會長。」

「嗯？七尾啊。」

「要不要找個地方吃午餐呢？我看大家都一直在竊竊私語。」

「……謝謝。」

看樣子不是我的錯覺。假如從他人客觀的立場看來也是這樣，可見相當驚人。

我拿著便當跟七尾一起進到空教室，接著打開便當盒。

「我想做一首校慶用的……新的曲子。」

「這樣啊……可以自己作曲真的很厲害耶。」

「不，會作曲的人多的是……我覺得像會長這樣毫無遲疑地扛下職責，而且每天都過得品行方正又認真比較厲害。」

「這是兩碼子事吧。」

「真要說起來確實是兩碼子事，但在能力及適性方面相去無幾。」

我將便當裡的肉丸子送進嘴裡，緩緩嚼了嚼再吞下去。

「七尾……你有聽到嗎？」

「昨天放學後你妹妹的那個校內廣播嗎？我留下來去社團練習，而且人剛好在走廊上所以有聽到喔。」

明明知道這件事，直到現在都沒有提及啊。七尾這樣我行我素的個性總是帶給我救贖。但是正因為七尾是這樣的人，我才更想跟他說。

「那件事……是真的。」

七尾咬了一口拿在手上的炒麵麵包，咀嚼之後吞嚥下去才開口說：

「是怎樣的家系圖呢？只有妹妹是收養的之類的？」

「不，好像是在我們懂事之前，爸媽分別帶著我們再婚……我是在今年春天得知的。」

「喔喔，爸媽再婚時你們年紀都還很小所以不記得啊……該怎麼說呢……想必你爸媽也很難找到說出真相的時機呢。」

「沒錯。」

「你妹妹是之前就知道了嗎？」

「不，她最近才知道。比我晚一點得知。」

「……這樣啊。」

話題就這麼結束了。也沒什麼好再講下去。沒錯，這件事就此結束才是對的。就算我跟久留里沒有血緣關係，那又怎樣？

乍看之下個性沉靜的七尾實在很我行我素，有時也會做出與眾不同的行動。像現在也是跟一般人會做出的反應不一樣。但這樣一點異常，卻讓我覺得相當可靠。

「七尾。」

「什麼事？」

「謝謝，我時不時就會受到你的救贖。」

「……會對我說這種話的也只有會長而已吧。」

「是嗎？」

七尾嘆了一口氣說：

「是啊，像我這種人……通常都是沒朋友的人為了不要落單才會想跟我友好相處，幾乎沒有除此之外的目的，畢竟我是個僅僅無害，個性陰沉又安靜，存在感極為薄弱的人。」

「不，在校慶上發表風格獨特歌曲的你十分耀眼。而且想法也很成熟……我覺得你是個很有魅力的人。再多抱持一點自信吧。」

「……謝謝你。」

「話說回來……久留里為什麼要向全校說出那件事呢？」

久留里對著全校說出我們家人間的祕密，多少讓我受到一些打擊。

「……咦？那當然是……」

「七尾，你能理解她的想法嗎？」

「…………我看還是別說了。」

「為什麼？」

「我不喜歡局外人只憑著臆測就說三道四。比起聽我說出想像中推測的意圖，你直接去問她本人才正確。」

有時候我真的很佩服七尾這樣乾脆的態度。

七尾說得沒錯。無論再怎麼想像也不會明白一個人的心境。明確說出口的話，以及對方明確告訴自己的才是一切。

當然就現實來說人常會說出並非出自真心的話，或是將真正的想法藏在話語的背後，毋寧說這種狀況還比較多，因此這也正是難處所在，但唯獨久留里沒必要去深思她所說的話背後會不會還藏有什麼真意。

畢竟我們是相處了這麼多年的家人，久留里內心所想的事情我大致上都想像得到，不過七尾說得沒錯，我也該跟她本人好好聊一下這件事吧。

＊　＊

「小光～！我們一起回家吧。」

「妳不用去社團練習嗎？」

「今天下雨，所以體育館就被棒球社搶走了。」

兩人一起朝著校舍的出入口走去時，就覺得路過的人似乎在對我們竊竊私語。

只見久留里看起來一點也不在意的樣子，好像完全沒有放在心上。

「妳看。都是妳害得我們被人說三道四。」

「咦？小光有因為那件事被人找碴嗎？」

「沒有……這妳不必擔心。妳才是，跟同學之間的關係之類的……沒問題嗎？」

「咦～可愛到我這個程度，平常就算什麼都沒做也很受人注目，更何況如果我討厭高調就不會染金髮啦。」

「膽子有夠大……」

「我就是希望大家知道這件事才會講啊。」

「對，關於這件事我有話要跟妳說。」

「嗯，好啊～」

我們在鞋櫃換上自己的鞋子。外頭的雨似乎愈下愈大了。

「久留里……妳的傘呢？」

「我當然沒帶啊。所以才來找你嘛。」

久留里嘿嘿地傻笑兩聲。

「……唉，算了。」

我跟久留里撐著同一把傘一起走出校門。

「所以說，妳為什麼要做出那種事？」

「因為我喜歡小光啊！但渡瀨學姊不管『妹妹』說什麼都聽不進去的樣子嘛。」

「所以妳果然是在跟渡瀨爭鋒啊……為了這點小事就去向全校廣播……還說了那種事情嗎？」

「才不是『這點小事』呢。因為我……！」

「久留里，既然活在世上我當然也會跟家人以外的人說話，有時也會跟女生交朋友。這不是隨便就暴露家人間的祕密也不惜要妨礙的事吧。」

「當然是！因為我喜歡小光啊。」

「就算再怎麼喜歡家人……妳知不知道一般來說不會做到那種地步？」

「咦……唔、嗯？」

「我也很重視家人。而且在這部分確實也有太過頭的一面。但如果因為自己人任性的獨占欲進而妨礙到交友關係……那反而會給家人帶來不幸。」

「那個——……你應該有聽到我昨天說是戀愛方面的喜歡吧？」

「嗯，我有聽到。久留里，妳最近一直說壓力很大吧。妳從小只要累積壓力就會對我耍任性，並因為我順從妳的任性而緩解。」

她從小就是這樣。久留里總是對想活在常識範圍內的我耍任性，希望我能超乎常軌。不久前說「想進去賓館看看」之類，還有「想一起洗澡」都是如此。總是會像這樣透過實際感受到我接受她超乎常軌的任性才會平復下來。

「如果發生了什麼事，我會盡可能聽妳說。不希望妳不惜說出戀愛情感那種謊言，也要把其他人牽扯進來。」

「謊、謊言？我才沒有說謊！我真的喜歡小光……」

「我知道。所以妳才會不惜說到那種地步，也想挑撥我跟渡瀨之間的關係吧？」

「是沒錯……」

「竟然還利用直到最近才得知的家人間血緣上的祕密……真的是做得太過火了。」

「什麼利用……這次跟平常那種耍任性不一樣！我是真的喜歡小光……」

「所以說我知道啊。」

「不，你絕對不知道吧？壓根兒就沒有傳達到你心裡對吧？」

「……妳真的很難溝通耶！」

「你才無法溝通！」

久留里賭氣地快步走出我撐著的傘。

「等等！妳會淋濕喔！」

「哼！淋濕又怎樣！」

「不行！要是感冒了該怎麼辦！」

「小光根本不在乎我有沒有感冒吧！」

久留里這麼說完就加快腳步，我也連忙追了上去。

「怎麼會不在乎！健康最重要！」

「我才不要跟小光撐同一把傘！」

「等一下！唔喔喔喔喔喔喔喔！」

我猛烈地提升速度。隨著雙腳的步伐「啪唰啪唰」地濺起水花。

「哇啊，我要先回家啦！好、好快！而且表情好可怕！」

「不准逃啊，久留里——！過來跟我一起撐傘……」

「咿——！救命啊——！」

啪唰啪唰啪唰啪唰。在雨聲中響起兩人的腳步聲。

「給我過來撐傘——！」

我跟久留里就這樣快速地衝回家。

一打開玄關，正好在那邊的媽媽前來迎接。她一看到全身濕透還氣喘吁吁的我們，不禁傻眼地張著嘴巴。

「歡迎回來～咦？小光明明有帶傘，為什麼兩個人都全身濕透了呢？」

「因為久留里逃走不撐傘……」

「真是的，你們等一下喔。我去拿毛巾過來，不可以直接進來喔。」

媽媽連忙跑進走廊深處。

「……都是小光害的！你完全沒在聽我講話！」

「我有聽啊。」

「你就是沒有想要理解，所以才會產生認知上的差異啊！在自己心裡得出結論，而且全都朝著那個方向去想，根本無法溝通啊！」

我們用媽媽拿來的毛巾擦乾淋濕的頭髮跟制服。久留里冷哼一聲就這麼回到自己的房間去了。

「小久好像很氣耶……」

媽媽雖然這麼說，其實我也很生氣。

我跟久留里不一樣，有著和平常人一樣的羞恥心跟道德心，但總是要為了讓久留里紓壓而破壞自己的原則。即使如此，既然久留里能因此感到滿足，我也都盡可能回應她的要求。不過這次竟利用爸媽隱瞞至今的家人間的祕密要任性還隨便揭露出來，真的太超過了。

當我懷著無法接受的心情倒上床鋪之後，久留里「砰」地打開我的房門。

「小光！」

「哇啊！至少敲門好嗎！」

「反正小光平常在做需要人敲門的事情時都會上鎖！」

「是沒錯啦……不對，我還是會嚇一跳，妳不要突然開門！」

久留里說著「好啦」點了點頭。雖然還有點賭氣，但剛回家時那樣憤慨的心情似乎已經平復下來了。

「……妳是來道歉的嗎？」

「我才不道歉呢！我是來宣示要打破笨蛋小光那扭曲的認知，還有頑固的死腦筋！」

「不管怎麼想家庭觀念過度扭曲的人都是妳吧。太沒常識了。」

「是小光的常識太過頑固又不知變通！那樣才是跟沒常識一樣好嗎！說到頭來，小光平常也只是裝作有常識的人而已吧！」

「咕！竟然直搗我那麼介意的事……久留里！妳知不知道有些話不能講啊！」

「家人之間不需要那種客套話也不用說謊吧！」

「再怎麼親近的關係也要講求禮貌！妳以為家人就不用當作一個獨立的人看待嗎！」

「我才要這樣講好嗎！這個死腦筋！我就是喜歡小光而且要跟你結婚啦！垃圾老哥！」

「不要同時說出壞話跟表現好感好嗎！給我選一個講！」

「我就是喜歡小光嘛！」

「所以說我知道啊！」

久留里氣到渾身顫抖，說著：「可惡，給我等著瞧！」就「砰」地關上房門了。

還以為她就這麼離開，沒想到又再次打開一道縫隙，並用低沉的聲音說：「我馬上……就給你好看……」完全是壞人會講的話。

到底是怎樣？豈止道歉，她甚至沒有要反省的意思，而且還來跟我吵架。

儘管無法釋懷，但內心某處還是覺得久留里應該會折服。

畢竟久留里雖然是那樣的個性，當自己有錯的時候還是會坦率地承認並道歉。

這次久留里的惡行是只為了跟渡瀨較勁，就透過全校廣播揭露家人間的祕密。硬要說因為我們之間沒有血緣關係所以懷著戀愛情愫之類的話，試圖阻礙我跟渡瀨之間的友情。

但無論如何，那都不是可以拿來耍任性的事情。所以不管從哪個角度看來，這次都是久留里不對吧。我只是基於常識並針對這件事情對她說教而已。我應該沒有做錯任何事。

然而明明只是跟平常一樣對她說教，感覺卻起不了任何作用。不管我說多少次她都不肯退讓。豈止如此，她還不知為何竟然覺得更生氣。這讓我產生彼此明明都說了真心話卻完全無法溝通，一種莫名話不投機的感受。

＊　＊

晚餐過後，四葉因為想睡了便早早就寢。爸媽兩人坐在沙發上，看著串流平台上的搞笑影片。這時久留里走了進來，像要擋住他們視線一樣在前方姿勢端正地跪坐下來。

「爸爸、媽媽，可以借點時間嗎？」

見到她從未露出的認真表情，媽媽拿起遙控器暫停畫面。

我正在廚房的中島後面喝牛奶，隔了一點距離看著他們說話。

「怎麼了嗎，小久？這麼鄭重其事的樣子～」

久留里的雙手擺出三指輕輕撐著地板的姿勢抬起頭來，字句清晰地說：

「我看過戶籍謄本了。」

爸媽的動作一個愣住一個僵住。

「然後啊，因為我對小光抱持異性間的戀愛情感，所以決定跟他結婚！」

我一口氣把喝下去的牛奶全噴了出來。

說完她就不管僵在原地的爸媽，不知為何一臉正氣凜然的樣子對我比出大拇指，隨後就走出客廳。接著傳來「砰」的一道關門聲，我好一陣子就這樣默默地擦著大面積噴在廚房中島上的牛奶。

在那之後過了三十秒左右，爸媽才一起猛然站起身來。

「光、光雪？這究竟是怎麼回事……！」

「小久是什麼時候知道的？」

「她說要結婚到底是什麼意思？」

「呃，你們先別這樣一口氣問……總之久留里好像只是覺得好玩就去申請戶籍謄本，然後就發現了這件事。」

「是誰開口求婚的呢？」

「你們的關係是從什麼時候開始的？」

「不、不是，那只是久留里自說自話而已……即使沒有血緣關係，我還是把她當作最重要的家人，是我的妹妹。不過前陣子久留里跟我班上的女生起了衝突，她自從那時候就開始說出這種話。」

後來，我重點式地說明整件事情的狀況之後，爸媽便面面相覷地重重點了點頭。

「原來如此。」

「狀況我們都懂了！」

這麼快就理解來龍去脈真是幫了大忙。

「這樣啊……那我總之會想辦法……」

「沒辦法處理吧，對手可是那個小久喔。」

媽媽一句話就反駁回來。

但她說得沒錯，久留里就是不會聽身邊的人說了什麼。

「唉……小久……」

媽媽一臉茫然地嘆了一大口氣，然後就這樣開門走了出去。她似乎因為久留里的舉動而大受打擊。

目送媽媽離開之後，我拉回視線。爸爸就坐在沙發上一動也不動。他看起來則是比我想像中還更冷靜。

「爸爸，你覺得……我該怎麼辦？」

「也是呢……原來在不知不覺間她已經知道了啊……久留里一開始應該也是受到相當大

的打擊吧。」

「這……大概吧。」

爸爸的這番話才讓我意識到這點。自從得知久留里知道這件事之後，我只覺得她的反應比想像中還更平淡。但與家人沒有血緣關係這種事，不可能沒帶給她任何一點衝擊。久留里想必受到比我所想的更大的打擊。

「久留里說不定是覺得如此一來跟你就不再是兄妹……不再是家人了。所以只要作為異性跟你結婚……就可以用不同於血緣的關係跟你成為家人……所以才會說出那種話吧。」

爸爸的話讓我覺得相當踏實。

「如果真的是這樣……應該只要讓她放心就好了吧？」

「也是呢……爸爸，謝謝你。」

我這次可說是難得對久留里感到火大，但跟爸爸談過之後多少可以接受了，於是回到房間就倒在床上。沒問題。我一直以來都是這樣讓脾氣衝動的久留里引發的問題鎮靜下來。這次雖然覺得她有點過火，如果說到頭來原因出在家人之間血緣關係的祕密，那也算是能夠理解。只要跟平常一樣好好談一談，讓她冷靜下來就好了。

對我來說，常識的指標永遠都是爸爸。

所以當我遇到困難時，總是會詢問爸爸的看法並請他做出判斷。我跟爸爸之間即便沒有血緣關係，但我覺得正因為如此才會像他，而且一直以來都深信遇到正經的局面時，爸爸的想法總是很有常識，也會做出正確的選擇。

即使如此，不知為何這次在我心裡卻有股莫名的疙瘩。

我覺得「因為沒有血緣關係所以要結婚」什麼的，並不是可以隨便說出口的話。就算沒有血緣關係，我們還是兄妹。爸媽也都是懷著這樣的心態養育我們成長。

那種話只對我說就算了。儘管她把渡瀨捲進來的行為很不可取，不過這本來就是為了對抗渡瀨才做出的發言，所以即使無法原諒但也不是不能理解。

久留里難道就沒有想過這種事情就算是玩笑話，也有可能會傷害到爸媽嗎？

久留里的行事作風本來就很荒唐，也有顧前不顧後的一面。

即使如此，就連她時不時會對我說出來的任性話，就算有點過火，卻也不會傷害到任何人，也不會逼我做出身為一個人踰矩的事情，何況從結果看來她也不曾無視過我的想法。

而且，我認為她跟我一樣重視家人。

即使一般常識很難套用在她身上，久留里也有自己一套正義及倫理觀念，就算她受到再大的打擊……不，那她應該更不會不經大腦地傷害家人才對。我懷著這樣的心境，而這也讓我感到難以釋懷。

我一直在追求正確的事情，也希望自己的行為舉止都合乎規矩。所以才會總是依循倫理及規範給出符合常規的答案。

會對這樣的我拋出無法應對的問題的人，無論何時都是久留里。

＊　＊

就在這個問題還得不到解方的時候，為了準備校慶跟畢業旅行的雜務異常地增加，我也漸漸忙到昏天暗地。

久留里也是忙著參加熱舞社的練習，當我比較晚回家時她都已經累得先睡了。實在很難湊出一個可以跟她好好談談的時間。早上我們都是趕著出門，時間也配合不上。

當然無論再怎麼忙碌我們都是一家人，在家裡當然會碰到面，但當四葉在場時也沒辦法談那件事。

即使偶爾在走廊之類的地方碰面，與總是很急的久留里之間總是談不攏。

不管我說什麼久留里都只會一直講「所以我就說是因為喜歡小光啊」這類的話，完全談不下去。

不用她說那麼多次我也知道她是個標準的兄控，事到如今聽她這樣講也不會發現新的事實。即使如此，就這點來說卻又覺得跟單純只是在敷衍我不太一樣。久留里自己也懷著沒能對我澈底傾訴出來的情感，並摸索著該怎麼說。正因為有察覺到這一點，才會在短時間內一再想找她談談，但終究還是沒有交集。

那天放學後正拿著校慶的海報來到走廊。一開始張貼的海報內容出現不得了的失誤，於是在請人修改之後又連忙重貼一次。在準備校慶的同時還要處理畢業旅行的事情，再加上我們班上剛好很多人都還要參與社團或委員會等活動，總之在各種機緣之下今年人手不足的狀況可說是特別嚴重。

「啊，會長。辛苦你了。」

回頭一看，穿著運動服的七尾美波就站在眼前。

「我正要去社團練習。」

「這樣啊，加油。久留里沒跟妳一起去嗎？」

「啊，對。久留里她……被叫去教職員室了，所以說會晚點過來……但不說這個……會長，你跟久留里吵架了對吧？」

「是有點……妳有聽她說了什麼嗎？」

「沒有……但看就知道她心情很不平靜。」

「這樣啊……」

「對啊。不久前她一直說壓力超大，午餐的食量也相當驚人，但是……最近的狀況又變得跟那時不太一樣……明明沒有特別做出什麼奇怪的舉動，她的眼神跟表情之類的……總覺得有股說不上來的詭譎……舉例來說感覺就像……」

美波話說至此就有點語塞，並仰望天花板稍微思索了一下話語之後說：

「……接下指令的狙擊手一樣的表情呢。」

「狙擊手。」

「對。那就像是……解決掉三個人之後，不願面對自己染滿鮮血的雙手，並接著前去執行下一項任務的狙擊手的表情。」

我一直以為她這次只是平常耍任性的延伸而已，果然還是不太對勁。我們本來就不太會吵架，即使如此在少數幾次的爭執當中，儘管會因為一些其他理由而鬧脾氣，久留里也從來沒有變成狙擊手過。她想必很鑽牛角尖吧。這點我也有察覺。

「原因就出在會長身上吧。真希望你可以想辦法解決。」

我也很想解決這件事，但不管怎麼講就是一直都話不投機。

「不……我現在有點迷失方向……美波，在妳看來久留里是個怎樣的人？」

「咦？會長……你是她哥哥吧？」

「我覺得有些事情正因為是自己人反而會搞不懂，像妳也是，應該沒有那麼澈底了解七尾吧？」

「啊，對耶！我對他沒有興趣所以完全不懂！原來如此，是這種狀況啊！」

「嗯，所以希望妳能站在身為朋友的客觀立場大致上說一下。」

「這個嘛～久留里呢，不會因為在校內的金字塔階級或是外表去看一個人，非常一視同仁！應該說，她看起來像是絲毫不在意的樣子……一開始我單純覺得是她的為人特別好，真的很厲害……」

就這方面來說我也有一樣的見解。

「但是，當我們愈來愈要好之後……就覺得或許有點不太一樣。」

「嗯？」

「單純只是因為對久留里來說，除了會長……除了哥哥以外，所有人都是一樣的。所以看起來才會覺得她一視同仁！」

「嗯——……這確實是……」

「啊，但是……我覺得她最近還滿喜歡我的喔。」

「這倒是呢……久留里交朋友總是很廣泛但是都不會太深交，像妳這麼要好的確實很罕見。」

「對、對吧！好耶好耶……得到會長的保證了……」

美波的臉頰紅了起來，感覺有點興奮地這麼說。

「久留里在面對大多事情時都既隨便又不在乎。就算有人約她，也是『有空就會去』的感覺。但她不會那樣回應我！可以去的時候就會去，不行的時候也會說明原因……每當這種時候……我都能感受到她的愛。」

如此說道的美波感動地握緊拳頭，渾身顫抖。

久留里果然對於自己覺得重要的人很誠實。就算覺得她做得太過火，也應該有著她自己一番理由才是。得去找出讓她變成那樣的原因才行。

明明有說上話，感覺答案也近在眼前，我卻完全不懂。這種費解的情形讓我煩躁不已。

*　　*

因為學校活動的雜務而忙碌的生活更是日漸加劇。

「那就照前幾天分配的那樣，接下來只剩炒麵的準備……」

「入鹿同學，這是在講畢業旅行的事喔。」

「對耶，抱歉。那要再稍微審視一下點名的機制……」

「啊，會長，找到你了。這是剛才說的那個。」

當我跟渡瀨講話講到一半時，班上同學就拿了採買清單過來。我接過之後就回應對方一句：「我今天就去買。」

「入鹿同學……你會不會連瑣碎的雜事都接太多了？」

「畢竟人手不足。既然是任誰都能做的雜事，由我來處理比較有效率。」

「再怎麼樣也不必由還有很多其他工作要處理的你來做吧……啊，是久留里。」

「嗯？她怎麼了嗎？」

聽渡瀨這麼說，我朝著那個方向看去，只見穿著運動服的久留里懷裡抱著一堆應該是表演服裝的布在走廊上狂奔。因為熱舞社要上台表演的關係，她也是忙得不可開交。

「真有精神啊……」

正當我們這麼說著，又有一個班上的同學過來。

「會長，岡山老師在找你喔～」

「好，我馬上過去。」

我在那之後去了教職員室，然後離開學校去採買，回來又往返了教室跟教職員室。後來到學生會辦公室露臉，確認了進度之後向老師報告，接著再次朝著教室前進。由於每一件大多都是很快就能完成的瑣碎事情，因此我覺得自己一直在走來走去。

在我快步走著的時候，忽然間在走廊中間停下腳步。

大概是比自己所想的還要疲累吧。

回過神來時，我只是仰望天花板，專注地盯著上頭的汙漬。

明明就還有等著我該去做的事情，卻忙到感覺腦子一片空白。

「小光！」

背後傳來溫暖的觸感，久留里在不知不覺間緊緊抱了上來。

「……怎樣？」

「咦？你累了嗎？不像平常那樣大喊要我放手嗎？」

「……放手。」

「……不要。我正在充電。」

那一開始就不要問啊……

自從久留里做了那種校內廣播之後，我更不想被人目睹這種狀況，但我累到覺得要甩開她都很麻煩。

「小光。」

「幹嘛？」

「你還在生氣嗎？」

一旦聽她語帶一點正經地這麼問，我就搞不太懂自己有沒有在生氣了。

「……也不盡然。」

「咦?是喔?」

久留里感覺出乎意料地說道。連我自己都不知道我究竟有沒有在生氣。只是無法釋懷。

「那我的心意傳達出去了嗎?」

「儘管聽了很多次,妳這次真得太過火了,我也無法理解。」

「天啊,小光真的很死腦筋耶……」

「那件事等到放假時再說吧……」

「你絕對不要忘囉。」

說完,貼在背後的久留里忽然間就離去了。

我就這麼待在原地發呆了一陣子,再次回過頭時那裡早就不見人影,甚至覺得剛才跟久留里的一連串對話就宛如一場白日夢般。

＊　＊

好忙。

真的有夠忙。

明明每一件事情都不複雜，但繁瑣的事情一個個累積起來，都讓我漸漸感到虛脫了。最近常會在學校裡留到很晚，那麼晚回到家也趕不上晚餐時間，所以都是自己一個人吃飯。雖然不至於完全沒跟家人碰到面，卻連好好與人對話的氣力及時間都沒有。

不只是久留里，我最近跟所有家人都很疏遠。如果學校、社團活動或是工作一時忙碌起來，無論大人還是小孩，這種狀況應該在各個家庭都還算常見。

然而這樣的生活日復一日地過去，我不禁湧上一股危機感。要是就這樣隨波逐流，說不定到了最後疏遠的關係就會變得理所當然。家人之間自然而然就會開始分崩離析了。我甚至萌生這樣的預感。

我想像了要是時間就這麼流逝過去，不禁就打了一道冷顫。

時間的流逝是無法反抗的緩慢變化。

在日復一日的生活當中，就算自己以為什麼都沒有改變，其實每一天都有肉眼看不出來的細微變化。在這每一秒當中即使什麼都看不到，當那累積成一天、幾星期、幾個月之後，就算什麼也沒做，世界都會確實地漸漸產生改變。那樣的變化並非突然就在眼前改變形狀的東西，但回過神來就會發現原形幾乎早已不復存在。

一直想找時間跟久留里談談彼此分歧的想法卻不斷往後延宕，要是就這麼放任下去，說不定就會習慣這種話不投機的狀態。彼此都放棄互相協調，一味地往自己肚子裡吞的狀況就會變得理所當然，說不定在不知不覺間就會忘記彼此是因為哪件事情而不相投合。

等到時間流逝，表面上或許會恢復原本的關係。然而那個時候出現的代溝就會依然留著不復契合，進而讓家庭產生變質。當肉眼看不到的變質堆積起來的時候，在深刻的部分已經變得疏遠，有所察覺時早已回不去原本的樣貌。

回過神來，我人在嘈雜不已的教室裡面。

頭上戴著假扮成鬼的試作品，手藝社的人正在我的頭頂上做調整。眼前有個用黏土做的東西壞掉了，我為了修補正單手拿著封箱膠帶緊盯著它看，並同時說服因為畢業旅行分房而吵起來的兩個學生。一旁的渡瀨正拿著一張紙來跟我討論學生會要在校慶推出的菜單。

所有事情都只做到一半。

我……

我到底在做什麼啊？

我現在該做的事情是什麼？

我站起身來拿掉頭上的鬼怪頭部，交給手藝社的人。

「入鹿同學？你突然間是怎麼了？」

「會長，我還沒調整完耶！」

「會長，老師說等一下請你去一趟教職員室……」

「今天先讓我回家吧。」

我拋下這句話就離開了教室。

懷著焦急的心情走出校舍時，只見大顆雨滴從天而降，便連忙加快走向車站的腳步。

得跟久留里聊聊，不能就此放任家人間的誤會。

無論如何都要談談，如果有所出入那就要多說一點去探究才行

我在忙碌與焦急到莫名其妙的狀態下，試圖朝著儘管對自己來說是最重要，卻又被我擺到最後，而且還是最花時間的事情伸出手。

「我回來了！久留里在哪裡！」

我一回到家並打開玄關的門，就剛好遇上從工作室出來的媽媽。

「你回來啦。小光，今天難得這麼早呢。」

一進到餐廳，媽媽就幫我倒了一杯茶。

「久留里呢……？」

「她最近在熱舞社的練習好像很辛苦的樣子，所以還在學校喔。」

「這、這樣啊……」

沒想到她還在學校……最近我都一定會比久留里還要晚，因此沒能掌握她回家的時間。

總之將媽媽替我倒的茶一口氣喝完之後，她感覺有些顧慮地問：

「那、那件事後來怎麼樣了？就是小久的……」

「……我會想辦法解決。」

沒錯。就跟平常一樣，我得想辦法解決才行。就是為此才先回家。

然而當我抬起頭來，卻看到媽媽露出相當驚訝的表情。

「小光？你說想辦法是……？有辦法解決嗎？」

「我會解決的。久留里常會說些任性的話，想藉此吸引我的注意。這種事也常發生吧？我之前跟爸爸談過，他說久留里想必也是受到很大的打擊，所以只要想辦法跟她好好談談，讓她安心就好……」

「……咦，所以說你完全沒有把小久說的話當真嗎？」

「把什麼事當真？」

「小久都說了對你是抱持戀愛情感的喜歡吧？」

「咦？我反而想問……媽媽竟然覺得她那件事是認真的嗎？那只是她在宣告既然沒有血緣關係，只要我跟她結婚就又能『成為家人』而已吧？」

「咦……」

「……直到不久前都還是作為親兄妹一起生活，卻在得知彼此沒有血緣關係之後突然變成戀愛情感的喜歡，要人相信這種話才是強人所難吧？」

更何況還是在那樣的狀況下。那番話起初就只是她在反嗆渡瀨而已。我深知久留里的個性跟她會採取的行動。所以那是不可能的。不只是像爸爸這樣很有常識的人，就連渡瀨也是這麼想。

我也總是循著一般常識思考，所以這樣想應該不會錯。

然而媽媽的這番話卻沒能替我的想法推上一把。

「……我覺得就算是小久，也不會因為開玩笑就說出那種話。」

「咦……」

「所以我才會說：『那真的有辦法處理嗎？』我覺得啊，就算是爸媽也不能產生想操控一個人的情感的念頭喔。」

抬頭一看，只見媽媽的表情比我想像中還要認真。

「像那樣特地來跟我們講，我覺得就是小久在表達她是認真的意思。只因為她平常愛胡鬧就不由分說地否定一切還是不太好。若不認真面對，那她也太可憐了。」

我嚇了一跳，並沒有要否定她的意思。

「但是小光有小光自己的想法，我也不會要求你一定要這麼做。畢竟這是無關法律、倫理或規範的事情，而是人與人之間的關係……希望你可以先思考一下自己想怎麼做，而且實際上是怎麼想的，再率直地去面對她吧。」

「……媽媽不會覺得傷腦筋嗎？」

「……我會這樣說，也是因為你們沒有血緣關係就是了。如果真的是親兄妹，就算有一人單戀對方我也會盡全力阻止。畢竟我也不想看你們的未來走得那麼辛苦。」

媽媽感覺有點傷腦筋地這麼說。

當她回去工作室之後，我茫然地留在原地好一陣子。

爸爸說了一如我想法的見解，媽媽卻說出相反的意見。我愈來愈不知道該怎麼想才好。就只是徒增了無能為力的焦躁感。

久留里。

得逮住久留里，好好跟她談談才行。

我再次衝出家門。外頭的雨愈下愈大。既然她還在學校，就要儘早過去逮住她。我用至今未曾發揮過的速度狂奔。即使啪唰啪唰地踩過積水導致泥濘都噴濺上來，弄髒腳邊也顧不了那麼多。

這時甚至踩到一片濕滑的葉子而跌倒，整個人從正面摔倒。臉上都噴滿了泥水。

在我手中大幅彎曲的傘也壞了。

現在是怎樣？

我到底在做什麼啊？

「唔喔喔喔喔喔喔喔喔喔喔喔喔喔喔喔喔喔喔喔！」

我撿起壞掉的傘並發出大聲吼叫之後，就這樣直接跑向公車站。

搭上公車，再轉搭電車，再次抵達學校時雨已經停了。

這時正好在校門口看到準備要回家的七尾美波。

「久留里剛才先回去了喔。」

「嗯嘎！」

美波感覺有點傻眼地說：

「你的臉上……都是泥濘耶……請問是跟水窪進行了什麼對決嗎？」

「不，這是……這樣啊，她回去了啊……」

「你只要打電話跟她確認人在哪裡就好了吧……」

她說得對。這陣子手機裡全塞滿了事務上的聯絡，所以我連看都沒看。

一拿出來之後，不知道是不是剛才跌倒時撞壞了，只見黑色的螢幕上出現裂痕，而且也沒電了。

我就這麼轉身再次搭上回家的電車。

才下定決心要跟她談談，結果就這麼不順利。而且今天又蹺掉學校活動的工作以至於明天想必會更忙……我還浪費了往返家裡與學校之間的時間。

內心漸漸充滿無能為力的焦躁與疲憊，還有徒勞無功及挫敗的感覺。

當我從離家最近的車站轉搭公車並下車時，就看到一道熟悉的人影。

「小光！」

「久……久留里！」

那正是久留里。我心裡湧上彷彿睽違幾十年總算重逢的欣喜。

「太棒啦～見到你了～！你在找我對吧？我聽媽媽跟美波說了……想說你的手機好像沒電，就在這裡堵你了！」

久留里就這麼氣勢洶洶地緊緊抱上來。唯獨今天我沒有甩開她，反而抱了回去。

「嗯，我有話要跟妳說。」

「嗯！我也有喔。可以先說嗎？」

「好啊，不管有多少話我都會聽妳說。」

「那我們先繞去公園再回家吧。」

我們走進了小時候就常來的一座離家很近的公園。久留里爬上以前經常玩的滑梯頂端，對著我招手。

「小光也來這邊嘛。」

我爬上滑梯並在一旁蹲下之後，久留里的臉就湊近過來「咿嘻嘻」地笑了。

「好擠。」

「我們以前還能一起溜滑梯的……小光長得太大隻了……現在絕對沒辦法呢！」

如此說道的她搔弄地摸著我的頭。

被她這樣胡亂搔了幾下，垂下來的瀏海就擋住我的視線。這時久留里伸出纖細的手指撩起我凌亂的瀏海。

這時出現在我眼前的久留里，表情比想像中的還要認真，看起來甚至還像是有點想哭，很拚命的樣子。

「我喜歡小光。」

「…………」

「真的很喜歡你。」

「…………」

「我對小光的這種喜歡……當然一直以來是對於哥哥的喜歡……但在不久之前，我覺得跟那又有點不太一樣……」

「真的……不一樣嗎？」

久留里沉默了一陣子並朝我看來。她先是思考了一下才開口：

「我覺得應該不完全跟你是哥哥無關……不如說，正因為有著一直以來都像那樣共度的時間才更覺得喜歡……總之就是將那些全都包含在內的一種更廣大的情感。」

「久留里，妳……應該有因為跟我沒有血緣關係而受到打擊吧？」

「……嗯。」

「所以不是因為就算不是親兄妹也想留住家人這層關係……才會說出結婚那種話嗎？」

「我確實有想過可能是因為這樣……而且應該也有一點影響。」

久留里看著我點了點頭。

「既然如此，難道不是誤會或是產生錯覺之類的心情嗎？」

「但是啊～我一開始當然也有這樣懷疑過，並認真想了很多。說不定是我自己誤會了，也有可能是青春期常見的那種……該怎麼說呢，就是那種情緒……但最後還是得出並非如此的結論。」

如此說道的久留里緊緊握住我的手。

由於事出突然，我也不禁抖了一下。

久留里的手嬌小又白皙，而且她的手現在正微微顫抖著。

看了她的表情，這才坦然地感受到久留里確實是認真的。

我為什麼會懷疑至今呢？

久留里總是非常坦率。

沒有常識、自由奔放、不受到任何侷限，過得隨心所欲。

所以我認知中的常識、常理之類的本來就全都無法套用在她身上。

因為沒有血緣關係就突然產生了戀愛情感這種事情，就算以常理看來難以置信，但也跟她沒有任何關係。久留里以她自己的情感為指標，坦率地活著。既然久留里是這樣想的，無論那是多麼難以理解的事情，也就是那樣。

我還想說和她當了這麼多年的兄妹應該很了解她，但其實只是自以為了解久留里平常的習性及行為模式而已，其實錯失了她的本質。

雖然有壓抑著自己不要變成那樣，但我沒有一次因為久留里的自由奔放跟沒有常識的特質而感到可恨不已。

當然我也覺得她是個讓人傷腦筋的傢伙，其實也總是並存著對膽小的我來說太過耀眼，就像替自己體現出自由一樣痛快的感覺。

「不管是媽媽還是爸爸，應該都覺得有點打擊吧？我也是知道會這樣才說的喔。就算是我，既然明知爸爸媽媽可能會受傷，就不會不假思索地隨便說出那種話。」

久留里睜大雙眼，語氣認真地這麼說。

「小光，你是想把我像這樣想了很多，最後覺得應該就是如此的重要情感，當作是一種錯覺敷衍過去嗎……？」

「……也是呢。真的很抱歉。」

接下來過了好一陣子，我跟久留里都保持沉默。

我在滑梯的頂端仰望天空。

「久留里……妳對我來說是獨一無二的特別存在。」

「嗯。」

「但是，我還是沒辦法把妳當作異性看待。」

無論久留里的這份心意是為了重新牽繫起家人的關係，還是除此之外的理由都一樣。

即使如此，無論如何對我來說久留里都是妹妹。是自從我懂事的時候開始，一直以來都很珍惜的家人。不會變成進一步的關係，也不會變成陌生人。然而這對我而言，是比任何事情都還重要的羈絆。

「……嗯，基本上跟我預想的一樣。」

久留里做了一個伸展之後看向滑梯，發現確實被雨淋濕之後就走下樓梯。

「當然啦，自從懂事的十幾年來都是親妹妹嘛，就算突然要你把我當異性看待，小光也辦不到吧。」

「……怎麼想都辦不到。」

「尤其像是小光這樣的個性……畢竟那是不太正常的狀況嘛。」

「…………」

「但是……」

「嗯？」

「但是啊，你已經知道了吧。知道我們不是親兄妹……知道我們之間沒有血緣關係！但要是過個五年、十年會怎樣呢？」

「咦？」

「當我們得知其實沒有血緣關係的時間，比當兄妹的期間還要長了……到時候又會怎麼想呢？」

「不知道耶。畢竟一開始是兄妹的想法根深蒂固……」

那是存在於超越道理之處的，我的倫理感情。不能對擁有血緣關係的人懷抱戀愛情感。總是以常識為指標生活至今的我，多年以來都是理所當然地這麼度過。總覺得這樣的感覺無論發生任何事情都不會顛覆。難道那是經過好幾年的時間就會改變的東西嗎？

「舉例來說，七尾學長某天突然變成女生好了。」

「嗯？」

「一開始當然會感到困惑，也會覺得像是另一個陌生人，但那樣的狀態經過五年、十年之後反而就會變成常態吧。也會漸漸忘記他原本的模樣。」

我一度試想了跟最近才和渡瀨聊過，關於時間的話題有點重複的這一點。認知並不會在轉瞬間改變。但某個東西改變之後，又經過了一段漫長的時間，真不知道會變成怎樣。

我走下滑梯，站到久留里的正前方。

久留里率直地注視著我的雙眼，明確地說：

「我從今天開始不當小光的妹妹了！」

我靜靜地睜大雙眼。

「我們從現在這個瞬間開始，就是感情很要好的他人！請你基於這個原則跟我相處！」

他人。

這個詞聽起來多麼遙遠啊。看到我露出的寂寞眼神，久留里連忙補充：

「但基本上生活就跟至今一樣喔。只有認知上會改變而已。」

如此說道的她輕拍了一下我的臂膀。

「我們兄妹間的羈絆才沒有脆弱到這樣就會被摧毀吧？」

「那、那當然。」

「再說了，這種事情在現實生活中也很常見啊，像是從今天開始就是男女朋友之類的，從今天開始就是前夫跟前妻、從今天開始又變回朋友關係等等。只要化作言語說出來就會變這樣，而且即使沒辦法立刻改觀，只要成為他人共處的期間比當兄妹的年數還要長的時候，說不定有些事情也會跟著改變吧？」

「……誰知道呢？那是很久以後的事了。」

「我覺得小光一定會變。」

久留里露出好戰的表情揚起一抹笑。

終章

在那之後，我們兄妹倆比想像中還更沒什麼改變。
「小光！早安！我喜歡你喔！最喜歡了。」
但真要說跟以前完全沒變，倒也不盡然。
放飛自我的久留里變得可說是毫無掩飾地每天都對我傳達愛意。
而且我也清楚知道她現在口中的喜歡是戀愛方面的意思。無論我是否回應她的心意，都無法禁止她這樣傳達愛意。畢竟這是個人的自由。
「姊姊……四葉呢？」
「我也最最最喜番四葉囉！」
久留里緊緊抱住四葉，下巴還靠上她的肩頭蹭來蹭去。
「四葉也是……喜歡姊姊。」
一時興起的四葉難得小聲地這麼回應，這讓久留里感到歡天喜地。
她直接衝到走廊的角落蹲下來喜極而泣。

「久留里，要出門囉。」

「好～」

走出玄關不久，久留里先是張望四周環視了一圈，隨後就緊緊握住我的手。

「哇啊！」

「請問您怎麼了嗎？」

「不要突然牽住我的手！」

「為什麼為什麼？怎麼這麼說呢？」

「一般兄妹不會牽手上學吧！」

「很可惜，我們不是一般兄妹呢。還有我已經不把小光當哥哥看待了耶～」

「咕唔！」

我仔細想了想——既然如此，我們牽著手豈不是更奇怪嗎？

這種行為換作是兩情相悅的異性之間……不，久留里是喜歡我的吧。但我……打從心底發誓沒有將她視為戀愛對象，不過作為家人，作為我的妹妹是很喜歡。

「不，對我來說妳就是妹妹。我不會跟妹妹牽手上學。這應該是我們從春天開始的新規矩吧！」

「那就算了。」

久留里很乾脆地鬆手。她這麼聽話地退讓也讓我滿困惑的。

「這麼說來，你今天這時間出門沒問題嗎？」

「嗯，各方面都準備到一個段落了。午休時間也能好好休息。」

「這樣啊～那反正今天也沒有便當，我們一起吃午餐吧！」

「…………」

「怎麼啦？兄妹一起吃午餐會很奇怪嗎？」

「不要只在對妳有好處的時候重回兄妹關係！」

「既然小光完全不在意，要跟以前一樣我也沒差就是了……難道會有什麼不妥嗎？」

「咕唔！」

完全被久留里牽著鼻子走了。儘管說得像在開玩笑，但她是認真的。我能明顯感受得出這一點。

「欸欸，小光。」

「怎樣？」

「今天天氣真好呢。」

「對啊。」

「小光。」

「怎樣？」

「要跟我交往嗎？」

「…………不要。」

「哦，你沒上當耶。但是呢～以前的小光應該會問我『要去哪裡（註：日文中「交往」音同「陪我去」）？』之類的才對，所以還是有進步呢～不再有所隱瞞的日子過起來真是舒適。」

竊笑著這麼說的久留里，自從那天在公園談完之後心情就一直好得不得了。

她這樣的態度是讓我滿傷腦筋的，但也同意久留里所說的話。彼此沒有隱瞞的狀態下讓精神層面健康多了。內心想法產生隔閡跟誤會的狀態真的很令人煩躁，對雙方來說都會造成壓力。

現在這樣比那時候還要好多了。

我非常喜歡久留里照著久留里自己的想法生活的感覺。

與其讓久留里一直把事情悶在心裡，獨自承擔那種心情，倒不如讓她像這樣全都說出來還比較好。

「小光。」

「怎樣？」

「我最喜歡你了！」

「……我也喜歡妳啊。」

是家人間的喜歡。才正想補上這句話，就看到久留里頂著一張漲紅的臉安靜下來，我才發現自己搞砸了。

「那、那個……久留里……」

「我知道小光是帶著『作為妹妹』這樣的意義說的啦～」

用手對著臉搧風，腳步也愈走愈快的久留里依然紅著臉頰對我笑著說：

「剛才那句話再說一次好嗎？」

「不要。」

「我想錄下來！」

「不准！」

「拜託啦，我想拿來亂用嘛～」

「那就更不准錄！」

或許因為久留里就是這樣凡事都滿不在乎的個性，讓我們之間明明產生了那麼巨大的變化，卻還是可以跟以前一樣對著彼此歡笑，驚人地沒什麼改變。

「小光，謝謝你喔。」

「……謝我什麼？」

「謝謝你認同我喜歡你。」

「……但我沒辦法回應妳的心意就是了。」

「沒差啦，現在這樣就很夠了。」

久留里搖了搖頭說道。

「反正我就是最喜歡像個笨蛋一樣重視普通跟常識的小光……而且那個滿腦子只懂得當個普通人的小光都認同我的心意了耶。更何況啊……」

「怎樣？」

「其實那本來就已經一點也不普通，也不算有常識啊！」

如此說道的久留里堆起了燦爛的笑容。

我邊走邊思考她所說的話。

真要說起來，或許還真是如此。現在這個狀況已經一點都不普通了。

即使如此，我也沒有想要普通到不惜讓家人受到無謂的傷害。說穿了，如果我對身為普通人的渴望有那麼強烈，應該也無法忍受媽媽的職業吧。

常識終究只是一個指標。我們家的人都能活出自我，過著幸福的生活，對我來說就是最重要的事情。當然那個「家人」當中，也包含我自己。

「我應該有勝算吧～」

「我倒是完全不這麼想耶……」

「不不不，小光不管怎麼說，每次都還是會順從我的任性啊！」

之前明明就一再強調這次不是像平常在耍任性那樣……聽她這樣講，看來除了不是家人間的「喜歡」而是戀愛情感這點之外，果然還是與平常耍任性時相去無幾。

久留里即使希望我可以對她產生戀愛情感上的喜歡，也不會捨棄身為妹妹的立場以及至今的關係。就像久留里之前說的，因為作為兄妹共度的日子，沒辦法完全與新萌芽的情感切割開來。

所以才會在沒有任何改變的關係加上新的屬性，並架構起一段新的關係。這讓我覺得有些不可思議。

家人就是不可思議的存在。究竟何謂家人呢？

我一直以來都是近乎茫然地想著，就是一群有血緣關係的人一起生活。

然而其實與血緣無關。跟有沒有一起生活也無關。現在的我覺得家人不會侷限在那種前提之下。

既然如此，家人或許就是一種概念吧。一群相異的人類個體在家人這種概念的概括之下一起生活。就跟戀人、友人之類一樣，只是在一個名稱底下的一種分類罷了。

有個名為「忒修斯之船」的哲學問題。

經過一再的整修，直到所有初始零件都被替換掉之後，這艘船還能算是原來的那艘嗎？記得就是這樣的一個問題。

我一直以來都為了在沒有任何改變的狀況下，死守住對自己來說比任何東西都還重要的「家人」而盡心盡力。

然而最近漸漸不再那麼害怕形式上的改變了。

因為久留里明明用那麼強硬的方式說出她的心意，關係也隨之產生了一點改變，我最重視的「家人」卻依然完好無缺地存在於那裡。

說不定往後我們家表面上的形式還會慢慢產生變化。

直到總有一天，就算表面上的形式變得截然不同了，本質上肯定還是有著不變的地方。

會漸漸改變的事情，以及完全不會改變的東西。

那一定是在我活下去的人生道路中，會自然地做出的一個個選擇。

即使現在沒辦法立刻改變，說不定到了未來我也會有所改變。

「小光，綠燈囉！我們走吧！」

看著久留里一臉開心的樣子，這樣的想法也只是在我的腦海中短暫地掠過。

後記

大家好，我是村田天。

非常感謝各位購買了第二集。

非常開心還能在這部作品當中與各位相見！

很擔心若不在還能寫的時候寫下來，可能就會忘掉這部作品的感覺變得再也寫不出來，於是有提前一點一點地持續寫下去，當收到通知說「可以出續集喔」的時候，其實已經寫了七萬字左右，所以真的能繼續出版真是太好了……

這次也延續第一集的內容，以「家人」與「常識」作為主題。

我認為家人是身邊最親近的存在，即使會起爭執，也會變得疏遠，但不管怎麼說無論在外面的世界發生了什麼事情，都還是會支持著自己或是支持著家人，也是可以凝聚在一起對抗下去的共同體。

另一方面，也正因為是理所當然地存在的家人，有時在相處上態度跟先後順序還是會顯得比較隨便，所以我是懷著「如果可以好好珍惜就更好了」的心態寫下這個故事。

這集當中畫出了四葉與美波的插圖真是令我感激不盡。真的是猶如地獄業火般的可愛！超可愛！

還有從第一集就一直有筆記下來，結果都找不到地方可以派上用場，最後只能惋惜地留在筆記上的鬼馬馬學姊金屬樂哏總算可以寫進第二集裡，真是太好了。那就算筆記下來也真的在自己的人生中毫無用武之地……我的手機備忘錄裡總是充滿這樣的東西。

與第一集相比，角色們在第二集的自由度又更高，我感慨地想著「還真是活動得有夠自由自在啊」並繼續寫下去。以寫作的感受來說，第一集有著架構一個新故事的新鮮感樂趣，第二集則是有著培養起角色的樂趣。寫得非常開心，希望各位讀者也能一同樂在其中。

今年的夏天也即將到來。

在寫這段後記的當下，正害怕著當這本書上市的時候，或許又會是個悶熱到讓人受不了的酷暑天氣。

希望今年的夏天不要太熱，剛剛好就好。

在此向看完這個故事，以及提攜這部作品的所有人致上由衷的感謝。

二〇二三年　初夏　村田天

青梅竹馬絕對不會輸的戀愛喜劇 1~11 待續

Kadokawa Fantastic Novels

作者：二丸修一　插畫：しぐれうい

末晴與真理愛出演連續劇！
真理愛的戰略使黑羽和白草陷入危機！

　　我跟真理愛接到了演出連續劇的委託！但正式開拍以後，似乎是空窗期導致我的表演慘遭喊卡。靠著跟真理愛特訓，我設法找出活路將這齣戲演得令人滿意，豈知……演出連續劇引發新狀況！為了追上成功告白而領先的黑羽和白草，真理愛即將展開大作戰！

各 **NT$200~240/HK$67~80**

我和班上第二可愛的女生成為朋友 1~3 待續

Kadokawa Fantastic Novels

作者：たかた　插畫：日向あずり

大受歡迎的戀愛喜劇動畫化企畫進行中！
順利成為「男女朋友」的真樹與海一起向前邁進！

終於與「班上第二可愛」的朝凪海成為男女朋友的前原真樹在聖誕節之後病倒，於是在海的好意之下於朝凪家接受照料。此外兩人還一起度過了情人節、白色情人節，以及海的生日。低調男與第二女主角展開交往，情感連結更加強烈的第二集！

各 **NT$250~270/HK$83~90**

我的女性朋友意外地有求必應 1 待續

Kadokawa Fantastic Novels

作者：鏡遊　插畫：小森くづゆ

「拜託了——讓我看看妳的內褲吧！」
「看、看了又能怎樣？」

美少女辣妹葉月葵與平凡的高中生湊壽也，是放學後會到對方家玩的好朋友。某天湊卻突然提出要葉月給他看內褲的要求。儘管葉月起初不情願，卻在強調「人家可不是你的女朋友喔」後，捲起裙子。從那天開始，湊的「拜託」便越來越過分，最後終於……！

NT$260/HK$87

命定之人是妻子的妹妹。 1 待續

Kadokawa Fantastic Novels

作者：緣逢奇演　插畫：ちひろ綺華

能夠結為連理的究竟是今生的妻子，還是前世許下愛的誓言的妻子妹妹呢？

本人御堂大吾在不知道對方相貌的情況下貿然結婚——也就是「盲婚」。可是在約定地點出現的，卻是妻子的妹妹！這時我們突然想起前世的記憶，在那段記憶中，我和她是發誓要廝守一生的戀人！也就是說，我的「命定之人」不是我的妻子，而是她的妹妹？

NT$240/HK$73

青春與惡魔 1~2 待續

Kadokawa Fantastic Novels

作者：池田明季哉　插畫：ゆーFOU

倘若懷抱絕對無法實現的願望……
真的還有辦法驅除惡魔嗎？

某天，突然不來學校上課的三雨向有葉商量起心事。當她脫掉帽子後，蹦出來的——竟是一對長長的兔子耳朵？為了驅除附身在三雨身上的惡魔，有葉與她一同行動，並得知她藏在心底的心意。與此同時，衣緒花和有葉之間也產生了若有似無的隔閡——

各 **NT$220~240/HK$73~80**

鄰座的不良少女清水同學染黑了頭髮 1 待續

Kadokawa Fantastic Novels

作者：底花　插畫：ハム

這是為了你才染黑的……給我注意到啊。
外表是不良少女，內心清純的反差萌戀愛喜劇！

某天當我——本堂大輝和好友在教室聊到戀愛話題時，說了喜歡清純的女孩後的隔天，坐在鄰座受到眾人畏懼的金髮辣妹清水同學不知為何染了黑髮。問她為什麼突然想染黑呢？她支支吾吾地有些臉紅，就這麼趴到桌上。

NT$240/HK$80

國家圖書館出版品預行編目資料

我跟妹妹,其實沒有血緣關係/村田天作；黛西譯. --
初版. -- 臺北市：臺灣角川股份有限公司, 2024.03-
冊；　公分. -- (Kadokawa fantastic novels)
譯自：俺と妹の血、つながってませんでした
ISBN 978-626-378-659-2(第2冊：平裝)

861.57　　113000377

Kadokawa
Fantastic
Novels

我跟妹妹，其實沒有血緣關係 2

（原著名：俺と妹の血、つながってませんでした 2）

2024年3月11日　初版第1刷發行

作　者：村田天
插　畫：絵葉ましろ
譯　者：黛西

發行人：台灣角川股份有限公司
總　監：呂慧君
總編輯：蔡佩芬
主　編：林秀儒
編　輯：楊芫青
設計指導：陳晞叡
美術設計：莊捷寧
印　務：李明修（主任）、張加恩（主任）、張凱棋

發行所：台灣角川股份有限公司
地　址：104台北市中山區松江路223號3樓
電　話：（02）2515-3000
傳　真：（02）2515-0033
網　址：www.kadokawa.com.tw
劃撥帳戶：台灣角川股份有限公司
劃撥帳號：19487412
法律顧問：有澤法律事務所
製　版：巨茂科技印刷有限公司
ISBN：978-626-378-659-2